课本里的大作家

张秋生 著

爷爷的老房子

大光明眼镜

北京理工大学出版社
BEIJING INSTITUTE OF TECHNOLOGY PRESS

目 录

铺满金色巴掌的水泥道

　　水泥道像铺上了一块彩色的地毯，这是一块印着落叶图案的、闪闪发光的地毯，从脚下一直铺到很远很远的地方，一直到路的尽头……

一夜秋风，一夜秋雨。

我背着书包上学去的时候，天开始放晴了。

啊！多么明朗的天空。

可是，地面上还是潮湿的，时时还都看见一个亮晶晶的水塘，映着一角小小的蓝天。

道路两旁的法国梧桐，掉下了一片片金黄金黄的叶子。这一片片闪着雨珠的叶子，一掉下来，便被紧紧地粘在湿漉漉的水泥道上。

我走在院墙外的水泥道上。

水泥道像铺上了一块彩色的地毯，这是一块印着落叶图案的、闪闪发光的地毯，从脚下一直铺到很远很远的地方，一直到路的尽头……

　　每一片法国梧桐的落叶，都像一个金色的小巴掌。熨帖地、平展地粘在水泥道上。它们排列得并不规则。相反，很凌乱。然而，这更增添了水泥道的美。

　　我一步一步小心地走着，我一片一片仔细地数着。我穿着一双棕红色的小雨靴。你瞧，这多像两只棕红色的小鸟，在秋天变得金黄的叶丛间，愉快地欢跳着、歌唱着……

　　要是不怕上课迟到，我会走得很慢、很慢的。

　　一夜秋风，一夜秋雨。

　　当我背着书包上学的时候，我第一次觉得，门前的水泥道真美啊！

妈妈睡了

　　睡梦中的妈妈真美丽。明亮的眼睛闭上了，紧紧地闭着，弯弯的眉毛也在睡觉，睡在妈妈红润的脸蛋上。

妈妈睡了。妈妈哄我午睡的时候，自己先睡着了，睡得好熟，好香。

睡梦中的妈妈真美丽。明亮的眼睛闭上了，紧紧地闭着，弯

弯的眉毛也在睡觉，睡在妈妈红润的脸蛋上。

睡梦中的妈妈好慈祥。妈妈微微地笑着。是的，她在微微地笑着，嘴巴、眼角都挂满笑意。好像在睡梦中，妈妈又想好了一个故事，等会儿讲给我听……

睡梦中的妈妈好累。妈妈的呼吸那么深沉。她乌黑的头发粘在微微渗出汗珠的额头上。窗外，小鸟在唱着歌，风儿在树叶间散步，发出沙沙的响声，可是妈妈全听不到。她干了好多活儿，累了，乏了，她真该好好睡一觉。

黄杨树的二重唱

"妈妈，我知道了，我是个哨兵，是个仪仗队员，我是成百上千个不高不矮、不瘦不胖的伙伴中的一个。"

清晨，整个公园还被白雾笼罩着。

我悄悄走在弯曲的小径上。

小径两旁是被修剪得整整齐齐的黄杨树。成百上千的小黄杨树，组成了两垛有棱有角的绿色长围墙，从我的身边一直延伸到草地，延伸到假山石和喷泉的后面。

在喷泉潺潺的伴奏下，我听到了两棵黄杨树的低语。

黄杨娃娃："妈妈，人们为什么不断地修剪我们，不让我们长得又高又大呢？"

黄杨妈妈："我们是花园的忠诚的哨兵，威严而又热情的仪仗队，我们需要一种整齐的美，不允许谁有不顾集体而表现自己的权利。"

黄杨娃娃："妈妈，我知道了，我是个哨兵，是个仪仗队员，我是成百上千个不高不矮、不瘦不胖的伙伴中的一个。"

黄杨妈妈："对。至于你的爸爸，瞧，他独自长在亭子的窗台边上，他长得那么粗壮，那么高大，你看他的姿势是那么自然，那么潇洒——

"整齐是一种美，自然，也是一种美。"

喷泉的声音越来越响，黄杨的低语没有了。我仿佛听到了一曲二重唱，我知道了——

　　整齐是一种美，自然也是一种美……

称赞

小獾接过苹果闻了闻，说："你的苹果香极了，我从来没有见过这么好的苹果。"

清晨，小刺猬去森林里采果子。

在小路边，他看见一只小獾在学做木工。小獾已经做成了三个小板凳。板凳做得很粗糙。但是看得出，他做得很认真。

小刺猬走到小獾身边，拿起板凳仔细地看了看。他对小獾说："你真能干，小板凳做得一个比一个好！"

"真的吗？"小獾高兴极了。

傍晚，小刺猬背着几个红红的大苹果，往家里走。

小獾见小刺猬来了，高兴地迎上去。他送给小刺猬一把椅子。

小刺猬不好意思地说:"我怎么能要你的椅子呢?我可没干什么呀!"

小獾拉着小刺猬的手,说:"在我有点儿泄气的时候,是你称赞了我,让我有了自信。瞧,我已经会做椅子了。这是我的一点儿心意,收下吧。"

小刺猬连忙从背上取下两个大苹果,对小獾说:"留下吧,这也是我的一点儿心意!"

小獾接过苹果闻了闻,说:"你的苹果香极了,我从来没有见过这么好的苹果。"

小刺猬也高兴极了,说:"谢谢你,你的称赞消除了我一天的疲劳!"

小粼粼和她的
白手绢

云奶奶说她很喜欢小粼粼，她给小粼粼讲了好多天上的故事。比如，她的女儿朝霞姑娘是如何美丽，她的孙子小星星是多么调皮，以及太阳公公的怪脾气，等等。

一

植树节。

小粼粼在院子里把泥土翻得松松的，然后栽下了三棵小树：一棵是柳树，一棵是桃树，还有一棵是小白杨树。

听人家说，小树栽下后，要是能下一场毛毛细雨，小树就会像喝了蜜糖水一样，准活。可是，上哪儿去找毛毛细雨呢？

有了，写信。小粼粼提笔写了一封内容全部用拼音字母写成的信，这样就不怕遇到难字了。

lán tiān máo máo xì yǔ de mā ma

yún nǎi nai shōu

lín lin jì

信投进信筒里了。她相信邮递员阿姨会帮她送到的，因为这位阿姨每天都来他们院里，和气极了。

二

晚上，小粼粼睡着了。梦里她还在想，不知云奶奶收到信了没有。

忽然，窗外有人喊：“小粼粼，小粼粼，快来一下！”

　　小粼粼一听，光着脚就奔了出去。原来是一位身穿白衣裙的老奶奶来了。可是，老奶奶的纱裙让冬青树枝钩住了，怎么也扯不下来。

　　"小粼粼，快去找把剪刀来！"老奶奶说。

　　小粼粼找来小剪子，老奶奶把衣裙剪了一块下来。小粼粼真替老奶奶感到可惜。老奶奶却自言自语地说：

　　"没关系，没关系，裙子自己会长好的！"多奇怪，破裙子还能长好？

三

老奶奶进了房子。她说：

"小粼粼，你给我的信收到了。"

啊，这就是云奶奶。怪不得她一进屋子，屋子里便是白蒙蒙的一片，连橱顶上的小红马也看不清楚了。

云奶奶坐在小粼粼外婆常坐的那把藤椅上，她手里拿着那块刚才剪下的纱，把它拆成线，又拿出一根竹针，坐着编织起来。

小粼粼感谢云奶奶，一收到她的信就来看她。

云奶奶说她很喜欢小粼粼，她给小粼粼讲了好多天上的故事。比如，她的女儿朝霞姑娘是如何美丽，她的孙子小星星是多么调皮，以及太阳公公的怪脾气，等等。

天快亮了，云奶奶用那块纱织成了一块方方正正的小白手绢。云奶奶把这块小白手绢送给了小粼粼，说：

"你如果盼着下雨，只要把手绢托在手上，说：'手绢方方手绢白，小小雨点儿快下来！'小雨点儿就会来的。"

小粼粼把手绢托在手掌心里，小手绢一动一动的，就像一朵小白云似的。

小粼粼高兴极了，连云奶奶是什么时候离开的，都没注意到。

四

早上，爸爸妈妈要上班了。

小粼粼说："爸爸、妈妈穿上雨衣吧，要下雨的。"

爸爸瞧了瞧天，笑着说："这么好的天会下雨吗？你变成小树苗了，想雨都想傻了。"

趁爸爸回过身拿提包的时间，小粼粼拿出小手绢，托在掌心，轻轻念道：

"手绢方方手绢白，小小雨点儿快下来！"

窗外，响起了淅淅沥沥的声音。爸爸问："这是什么声音？"小粼粼说："小雨点儿呗！"

爸爸、妈妈惊奇极了，都说小粼粼是"天气预报员"。

小粼粼瞧着春雨中的小树苗笑了。

海滩上的仙女

　　他们小心翼翼地盖了间顶尖尖的房子，还开了门，开了窗。他们还用五彩的卵石给小屋垒了一道很长的围墙，还在院子里挖了一个小小的池塘。

一

潮水退了。

沙滩上，有两个男孩儿在用沙子堆建房子。

他们小心翼翼地盖了间顶尖尖的房子，还开了门，开了窗。他们还用五彩的卵石给小屋垒了一道很长的围墙，还在院子里挖了一个小小的池塘。

多么美丽的海滨小院啊！

造好房子，两个男孩儿也累了，就在暖洋洋的沙滩上睡了，他们轻微的鼾声，像海浪一样起伏着。

二

有两只小螃蟹爬了过来，他们参观了这幢小房子，还在院里散步。

一只稍大的螃蟹说："我们把房子撞塌了，让这两个小男孩醒来哭鼻子，他们也常常捉弄我们的！"

一只稍小的螃蟹说："不，这样他们会伤心的。撞坏这样美丽的房子多可惜啊，我们为什么不帮他们在院子里栽点儿树呢？我刚才在礁石后面看见有几棵小树的。"

两只螃蟹一起忙了起来，他们在小屋前栽了棵大树，在池塘边上栽了三棵小树，之后他们离开这儿，在远处看着。

三

潮水的呼喊，把两个小男孩儿惊醒了，他们坐起来揉揉眼睛。

他们意外地发现，有谁在他们的小屋前栽上了树，他们高兴得鼓起掌来。

一个男孩儿说："好啊，我们的小屋更美了，谁干的好事呢？"

另一个男孩儿说："我知道，一定是在我们睡觉的时候，海上的仙女来了，帮我们栽上了树！"

两个男孩儿一起朝着大海呼喊："谢谢你们，好心的仙女……"

四

稍大一点儿的螃蟹高兴极了，他说："你听，他们把我们当作仙女了！"

稍小一点儿的螃蟹说："我们干了好事，就和仙女一样了！"

小诗七首

寒冬腊月，是谁做了棉垫，悄悄地在老师的坐椅上放好？

悄悄

老师要大家造句：悄悄。

大伙儿都在悄悄地微笑。

在我们的班级里，

"悄悄"的事儿可不少——

每天中午，是谁第一个到来，

悄悄地把教室打扫？

寒冬腊月，是谁做了棉垫，

悄悄地在老师的坐椅上放好？

有位同学手上生了冻疮，

又是谁悄悄送来温暖的手套？

就在昨天，同学们的课桌里，

悄悄放进了一只"小船"和纸条：

请你把铅笔屑削进小船，

我们每天会帮你倒掉！

老师要大家造句：悄悄。

大伙儿都在悄悄地微笑。

窗

学校里，最多的是窗，

它像满天的星星闪亮；

学校里，最美的是窗，

它映照出朵朵鲜花开放；

学校里，最平凡的是窗，

它挡住风雨，送来温暖的阳光；

学校里，最神奇的是窗，

透过它，能望见未来和希望……

树的话

你，给我一勺水，
我给你一片翠绿。
你，给我修枝整叶，
我赠给你满树鲜花。
你，给我爱和关怀，
我送你甜美鲜果。
你，什么也不给我，
我照样给你这些。
——只是希望，你，
不要把我伤害……

五个好朋友

当我们在雨中行走，

雨点打着这把小伞，

五个人挤在一起，

笑语是多么的欢。

让雨水灌进脖子，

让雨水湿透袖管，

尽管冷得直打哆嗦，

五颗心却是这样的温暖。

行人睁大惊奇的眼睛，

看着这把可怜的小伞——

在我们的互相退让中

它前后左右地乱转。

当我们在雨中行走，

雨点打着这把小伞，

五个好朋友搂得紧紧，

什么力量也不能使我们分散……

萤火虫，祝你生日快乐

生日的夜晚，

蜡烛不吹灭，行吗？

我要拿着它

去院子里走走。

树上的小鸟，

草丛里的虫子，

会不会

把我当作一只萤火虫？

它们会说，萤火虫

祝你生日快乐吗？

青蛙写诗

下雨了，

雨点儿淅沥沥，

沙啦啦。

青蛙说：

"我要写诗啦！"

小蝌蚪游过来说：

"我要给你当个小逗号。"

池塘里的水泡泡说：

"我能当个小句号。"

荷叶上的一串水珠说：

"我们可以当省略号。"

青蛙的诗写成了：

"呱呱，呱呱，呱呱呱。

呱呱，呱呱，呱呱呱……"

半半歌

穿过半半路，

走进半半院，

就在半半楼，

住着小半半。

早晨爬起床，

一看时间晚，

鞋子穿一半，

赶快去洗脸；

脸儿洗一半，

忙着吃早饭；

饭儿吃一半，

"糟糕"连声喊。

拿出作业本，

造句造一半；

丢下语文本，

再把数学算，

数学没算完，

已经八点半。

书本和铅笔，

丢在桌上面，

穿着半双鞋，

花着半个脸，

半半上学去，

用品带一半。

下了半半楼，

走出半半院，

半半路上半半跑，

光着一只小脚板……

"大吃一井"的兔子

小兔子来到小刺猬家，他把本子打开，让小刺猬瞧一瞧时，小刺猬乐得好像吃了笑药一样，哈哈大笑起来……

语文课上，老师给学生们听写生字。

河马老师念一个字，同学们在本子上写一个字。

小兔子一边写，一边想着下课后要和小刺猬上山去采草莓的事儿。所以当老师念"大吃一惊"这词儿的时候，小兔子在本子上写下的是"大吃一井"。

放学的时候，河马老师把写生字的本子发还给大家，请大家回去订正。

回到家里，小兔子打开本子一看——在"大吃一井"这个词旁边，河马老师写下了这样一段话：

小兔子，你能吃下一口井吗？真了不起。请把你吃井的经过告诉我好吗？我非常想知道你是怎么吃下一口井的，等着你的回答。

小兔子犯愁了。怎么能吃下一口井呢？他连最小的一口井也不可能吃下去的，井有井栏、井壁，还有许多井水，不仅他吃不了，而且就是他所有的伙伴一起来帮忙，也无法吃下一口井的。

河马老师居然要小兔子把他怎么吃下一口井的经过告诉他，小兔子急得直抓头皮。

小兔子再也没有心思去山上采草莓了，他拿着本子去找好朋友小刺猬商量。

谁都知道，小刺猬是个机灵鬼，也许他能想出办法来吃掉一口井的。

小兔子来到小刺猬家，他把本子打开，让小刺猬瞧一瞧时，小刺猬乐得好像吃了笑药一样，哈哈大笑起来，说："小兔子，真有你的，真有你的，居然能大吃一井！"

小刺猬笑得眼泪都流出来了。

小兔子生气地说："有什么好笑的？小心我把你这只疯疯癫癫的刺猬一起吃掉！"

瞧着小兔子生气的样子，小刺猬不笑了，他得帮好朋友想想办法才是。

小刺猬反复读着河马老师的那句话："请把你吃井的经过告诉我好吗？"

"怎么能吃井呢？"小刺猬自言自语，"你没有那么大的嘴巴。

就算河马老师嘴巴很大，他也从来没有说过想吃一口井啊！"

小刺猬边说边用手中一块好看的橡皮敲打着桌子。

"有了，"小兔子突然跳起来，说，"我有办法了！"

"什么办法？"小刺猬有点莫名其妙。

小兔子抢过小刺猬手中那块漂亮的橡皮，用很快的速度，三下两下，把那个"井"字给擦掉了。他把"井"字换成"惊"字，并给河马老师写了一封信：

河马老师：

你问我怎样吃掉一口井，这让我大吃一惊。后来，我在橡皮的帮助下，吃掉了这个"井"。不过这让我懂得了一个道理，以后上课要专心，我再也不会"大吃一井"了。

小刺猬看了小兔子的信，惊奇地问："就这么简单吗？"

"我想就这么简单。"小兔子笑着说。

小兔子高高兴兴地回家了，他走过河马老师家门口，就把信塞进了河马老师的信箱里。

给狗熊奶奶读信

狗熊奶奶乐呵呵地从夜莺姑娘手中接回了信，迈着轻快的步子，回家给小孙子做甜饼去了。

邮递员鸵鸟阿姨，给狗熊奶奶送来了一封信。

狗熊奶奶是那样的高兴，她盼信盼了好几天了，她很想念远方的小孙子。

狗熊奶奶老眼昏花，她看不清信上说些什么。

她来到河边，请河马先生帮她念一念信。当河马张开大嘴，高声地读了一句"奶奶您好"时，狗熊奶奶就不那么高兴了。

"他是这样粗声粗气地称呼我吗？连'亲爱的'也不加。这个没礼貌、不懂事的小东西！"

当信中说到他想吃奶奶做的甜饼时，狗熊奶奶更不高兴了。

"他就这样用命令的口气，叫我给他捎甜饼吗？这办不到！"

狗熊奶奶气鼓鼓地从河马先生手中拿回信，步履蹒跚地回家了。

走在半路上，她越来越想小孙子了。正巧，夜莺姑娘在树上唱歌。她请夜莺姑娘把信再读一遍。

夜莺姑娘喝了点露水润润嗓子，当她念了第一句"奶奶您好"时，狗熊奶奶听了浑身舒服。

"小孙孙你好！虽然你没用'亲爱的'，可是我从语气中听出来了，这比加'亲爱的'还要亲爱……"

当念到小孙孙想吃奶奶做的甜饼时,狗熊奶奶的眼眶湿润了。

"这多好,我可爱的小孙子,他没忘记我,连我做的蜂蜜甜饼也没忘记,他是一个有良心的孩子……"

狗熊奶奶乐呵呵地从夜莺姑娘手中接回了信,迈着轻快的步子,回家给小孙子做甜饼去了。

在鳄鱼先生隔壁
练琴

小熊姑娘悦耳而动情的琴声，软化了鳄鱼先生那颗已经变得僵硬的心，鳄鱼先生的脸上露出了从来也没有过的温和与微笑。

这幢公寓楼里人家不多，因为只有在城里别家的房子都租完了，才会有人想租这儿的房子。

不是这儿的房子不好，这幢公寓的房间很宽敞；也不是这儿的环境不美，这公寓的房间前面朝着河，后边靠着山，没有比这儿更让人赏心悦目的地方了。

说来说去，只因为这幢公寓楼里住着一位鳄鱼先生。大家知道鳄鱼吗？就是有着长长嘴巴、眼睛凸出的鳄鱼。

谁都知道，鳄鱼的脾气坏透了。

鳄鱼嗓音沙哑，但他发出的声音很大、很怕人，只要听到左邻右舍有一点声响，他就会嚷嚷得别人胆战心惊；虽然鳄鱼走路很轻，不会发出很响的声音，但要是碰到不愉快的事情，他会用尾巴拍打墙壁和地板，会吓得人抱头逃走的。

大家都知道鳄鱼先生的粗暴，谁还愿意和他做邻居呢？

说来也巧，有一位小熊姑娘要搬来这座城市居住。她找遍城市的每一幢公寓，也租不到一间合适的房子，小熊姑娘不知住在哪里好。

入夜了，小熊姑娘走在城市的大街上，只见路边的每一幢楼的每一间窗户都亮着灯光，也就是说里面都有人住。

只有一幢楼里，少数几扇窗户亮着灯光，其余的都暗着。小熊姑娘喜出望外，她敲开了这幢公寓的门。

开门的是管理员河马太太，一听小熊姑娘要租这儿的房间住，河马太太很吃惊。她告诉小熊姑娘，这幢楼里住着鳄鱼先生，他模样很凶，爱发脾气，是个不好对付的邻居。

小熊姑娘说没关系，她相信自己能成为鳄鱼先生的好邻居。河马太太当然欢迎她来这里居住，因为她发现这位小熊姑娘天真可爱，很讨人喜欢。

第二天，正好鳄鱼先生出门度假了。

小熊姑娘搬来了她的行李。当河马太太看到小熊姑娘随着行李还带来一架钢琴，她吃惊得把嘴巴张得老大老大的，仿佛要把

小熊姑娘吞下去似的。

小熊姑娘问河马太太："你怎么了？"

河马太太半晌才说出话来，她说：

"请无论如何把钢琴搬回去，要是鳄鱼先生知道他的邻居在这儿练习钢琴的话，准会把你和钢琴一起扔到楼外去的。我可不愿意看到这个可怕的场面。"

"不，"小熊姑娘说，"我无论如何要和我的钢琴在一起，练琴是我最快乐的事。"

"你会倒霉的，你会碰到不幸的……"河马太太不住地唠叨着，但是小熊姑娘还是让帮助搬家的人把钢琴抬上了楼。小熊姑娘选中的恰恰是鳄鱼先生隔壁的那套房间，因为这套房间和鳄鱼先生的那套一样，面朝着清亮的河水，风景最迷人。

鳄鱼先生第二天就从度假地回来了。

一整天，河马太太都提心吊胆的，她担心着要是小熊姑娘的琴声一响起，就会爆发一场灾难。

可是一整天，小熊姑娘屋里静悄悄的，她没有按动一个琴键。第二天，也是这样。

河马太太悬着的心放了下来，看来小熊姑娘的钢琴只不过是个摆设。

其实，小熊姑娘花了整整两天的时间，仔细观察鳄鱼先生的行动。她发现鳄鱼先生每天清早七点到九点，要出门散步两个小时。

对小熊姑娘来说，每天两个小时的练琴时间不算少了。所以，

每当鳄鱼先生的脚一跨出公寓楼，小熊姑娘的琴声就马上响了起来。

这时，河马太太就会说："真是一只聪明的熊！"

等河马太太在窗前看见鳄鱼先生从远处摇晃着回来了，她刚想上楼去给小熊姑娘报信，侧耳一听，周围早就没有了琴声，就像压根儿没有人在这里练过琴一样。

很快，好几个月过去了，小熊姑娘的琴技变得非常娴熟了。

小熊姑娘不仅想在早上练琴，她还想在傍晚再弹上一曲，自我欣赏一下。

那天一清早，小熊姑娘把这个想法告诉了河马太太。

河马太太一听马上跳了起来，她笨重的身子差点把楼板都踏穿了。

"不行，这绝对不行。傍晚时分是鳄鱼先生最要安静的时候，上次狐狸先生就是在这个时候打了几个响亮的喷嚏，而被鳄鱼先生提到楼梯口扔了下去。"

"好的，河马太太请放心，我会听你的意见。不过我要问一下，这鳄鱼先生有多大年龄了，他的故乡在哪里？"

河马太太说："你问这些干什么？"

尽管这样说，河马太太还是把鳄鱼先生的大致年龄和他的家乡告诉了小熊姑娘。

就在第二天傍晚，在这幢楼往常最宁静的时刻，从小熊姑娘的房间里飘出了悠扬动听的钢琴声，这是一首三十年前在西部最流行的童谣，名字叫"芦苇丛中的小翠鸟"。

一听到琴声飘起，河马太太像踩着一枚铁钉一样跳了起来，她赶快来到楼梯口，准备接住被鳄鱼先生扔下来的小熊姑娘。

　　可是等了好久不见动静。

　　琴声依旧。

　　河马太太蹑手蹑脚地走上楼梯，她在鳄鱼先生和小熊姑娘的两扇房门中间站住了。

　　这时，琴声停止了。突然，只听见"啪"的一声，鳄鱼先生的房门打开了。

　　鳄鱼先生冲出房门使劲敲打小熊姑娘的门，这让河马太太吓出一身冷汗。

　　小熊姑娘打开门，笑容满面地望着鳄鱼先生。

　　"刚才的音乐是你弹的吗？"鳄鱼先生用沙哑的嗓音问。

　　"是的，抱歉，我惊吵到您了吗？"

　　"不，你弹得太好了，这是一支我童年常听的曲子，我妈妈最喜欢给我哼唱这首歌了，你能为我再弹奏一遍吗？谢谢你！"

　　"当然可以。"小熊姑娘把鳄鱼先生和河马太太一起请进屋里，她弹了一曲《芦苇丛中的小翠鸟》，又弹了几曲也是西部的童谣《妈妈给我的花》《西部的山，西部的水》……

　　鳄鱼先生一边流着泪一边听着，他说：

　　"你的琴声又让我回到了家乡，回到了童年……"

　　小熊姑娘悦耳而动情的琴声，软化了鳄鱼先生那颗已经变得僵硬的心，鳄鱼先生的脸上露出了从来也没有过的温和与微笑。

　　"小熊姑娘，你以后每天傍晚都能这样弹上几曲吗？这音乐太让我感动了。"

"只要您喜欢听，我当然愿意弹奏。"

"弹吧，有音乐的生活真美好。"

从此，小熊姑娘每天傍晚都会给鳄鱼先生，也给自己和河马太太弹奏动听的钢琴曲。

据说这幢公寓楼成了城里最热门的房子，要想租到一间很不容易。因为这里有小熊姑娘动听的钢琴演奏，有脾气很好的鳄鱼先生，还有一位热情而又服务周到的管理员河马太太。

披着被单的国王

河马爷爷呢，坐在湖边帮他们看衣服。他看着六个小伙伴在湖里快活地扑腾着，觉得比自己下湖还高兴……

森林边上，有个很大的湖泊。

湖泊边上有棵很高的树，树上有只很坏很坏的乌鸦，乌鸦和湖里的坏鳄鱼勾结在一起，只要有谁来湖里游泳，她就在树上叫："湖里掉进一块蛋糕，味道一定挺好……"

这是乌鸦和鳄鱼约定的暗号。听到这叫声，坏鳄鱼就会冲出来，袭击那个游泳者，并把他吃掉。

坏鳄鱼最后会吐出几根骨头，算是给乌鸦的酬劳。

那天，有只胖胖的小猪来到湖边，他不知道湖里有鳄鱼，就脱下衣服跳进湖里游泳。

乌鸦在树上叫着，可是鳄鱼在湖里打瞌睡。乌鸦一连叫了几遍，鳄鱼也没动静。

这时，有只小胖河马走过湖边，他看见小猪在湖里游泳，也跳下了水。可是还没等他拉开架势游泳，小河马的爷爷老河马赶来了，赶快拖起小河马说："这里有危险！"

小河马被爷爷赶回了家，河马爷爷没有看见湖中的小猪，他一回头看见了岸边的衣服，以为是小河马留下的，就抱起衣服回家了。

小胖猪游得正开心的时候，坏乌鸦又大声叫了起来："湖里掉进一块蛋糕，不吃马上跑掉……"

鳄鱼打完瞌睡，听到乌鸦这一声怪叫，让他瞧见了正在游泳的小胖猪。鳄鱼猛地游了过来。

这时，小胖猪游累了，他来到湖边正想上岸，回头看见一条鳄鱼追来，连忙冲上了岸。再一看，他留在湖边的衣服也没了。

惊慌失措的小胖猪逃进湖边的树林，伤心地哭了起来。

这时，有四只小青蛙闻声赶来，问小胖猪为什么哭。小胖猪把自己刚才在湖里游泳差点儿被坏鳄鱼吃掉的事告诉了小青蛙。

他还说，自己放在湖边的衣服也丢了，他光着身子没法回家。

四只小青蛙说小胖猪胆子真够大，他们把鳄鱼和乌鸦勾结在一起害人的事告诉了小胖猪。那只最小的青蛙还说："自从坏鳄鱼和坏乌鸦来到这里，我们再也没法下湖游泳，我都快忘记怎么游泳了。"

这时，那只最大的青蛙说："我们还是帮小胖猪想办法，送他回家吧。"

小胖猪说他家离这儿不是很远，他请四只小青蛙帮他回家拿衣服。

不一会儿，四只小青蛙赶来了，说在他家里没找到衣服，只好把他家床上的被单拿来了。

小胖猪这才想起，自己的衣服正晒在屋前的丛林里，他说："没关系，被单也行。"就把被单披在身上了。

那只最小的青蛙还带来了小胖猪家一只漂亮的小篮子，以为那是小猪的帽子。小青蛙把小篮子扣在了小胖猪的头上。

小胖猪走回家去，四只小青蛙紧跟在小胖猪后面，提着长长被单的两只角，不让它们拖在泥地上。

正在这时，一个山妖怪来到湖边钓鱼，他一瞧见湖边走着的小胖猪，以为自己碰见了一位国王，一位这里的湖泊之王。

只见这位湖泊之王戴着漂亮的王冠，披着很威风的大斗篷，身后还有四位侍从紧跟着。

山妖怪非常惊奇，他十分恭敬地说："尊敬的湖泊之王，非常荣幸见到您，如果您有什么吩咐，我乐意照着去办。"

小胖猪扶了扶头上的"王冠"，压低嗓门说："祝你交好运，我会让你钓到好东西的。"小胖猪抬头望着树上说："山妖怪呀，请用这树上的乌鸦当钓饵，你就会大有所获。请带着你从湖里钓到的好东西，回你的山洞慢慢享用吧。"

"是，我乐于遵命。"

山妖怪纵身一跳，就逮到了树上的坏乌鸦，他把坏乌鸦绑在鱼钩上当钓饵，抛进了大湖里。

这时，四只小青蛙一起压低嗓门，学着乌鸦的声调叫了起来："湖里掉进一块蛋糕，味道一定挺好……"

刚才让小胖猪跑了，坏鳄鱼正在懊恼着呢。他一听到歌声就猛地蹿了出来，咬住了山妖怪的钓饵，于是，他的长嘴巴一下子让鱼钩钩住了。

山妖怪使劲儿把鳄鱼拽上了岸，他对小胖猪说："谢谢湖泊之王的指点，这条皮厚厚的怪鱼，够我吃上好一阵子了。"

山妖怪拖着水淋淋的鳄鱼走远了。

这时，河马爷爷抱着小胖猪的衣服又来到湖边，他的身后跟着小河马。

河马爷爷说："小胖猪对不起，刚才我不小心抱走了你的衣服。你可不能在这儿游泳啊……"

"放心游吧。坏鳄鱼和坏乌鸦完蛋了。"四只小青蛙把刚才发生的事告诉了河马爷爷，大家可高兴了。

"扑通、扑通、扑通……"

四只小青蛙和小胖猪、小河马接连跳进湖里，湖面激起一阵

又一阵快乐的水花。

　　河马爷爷呢，坐在湖边帮他们看衣服。他看着六个小伙伴在湖里快活地扑腾着，觉得比自己下湖还高兴……

狮子和他的
公鸡王子

　　狮子爸爸抚摸着自己的脑袋说："这无关紧要。重要的是，我曾经有过一个王子，一个能把太阳叫起来的王子，不管他叫作狮子王子，还是公鸡王子，这都让我骄傲。"

从前，有只老母鸡，名叫咯克太太。

咯克太太很喜欢散步。有一次，她去远处森林里散步，当她走过一个枯草堆时，觉得肚子好胀好胀，她就在草堆里产下一个蛋。

这是个可爱的又红又大的蛋。

咯克太太没法带走她心爱的蛋，只能把蛋隐藏在草堆里。她

想等以后有机会，再来孵这个蛋。

有一天，狮子走到这儿，他有点儿累了，就在草堆上坐一会儿，当他抬起身想离开这儿时，竟然发觉自己在草丛里下了一个蛋。

狮子生蛋，这可是一件新鲜事。

"我生下了一个多么了不起的蛋！"狮子啧啧称赞着，他小心翼翼地把蛋捧回了家。

狮子不会孵蛋，就托他的邻居——住在树上的锦鸡太太帮他孵蛋。锦鸡太太孵哇孵哇，有一天蛋壳破了，从里面钻出来的是一只十分健壮的小公鸡。

没多久，小公鸡学会打鸣了。

"喔，喔，喔——"每天天不亮，小公鸡嘹亮的啼叫，唤来了东方初升的太阳。

这让他的狮子爸爸很自豪，狮子说："虽然我是森林之王，我的吼叫只能镇住森林里的百兽，可是我儿子的啼叫能唤来金色的太阳，他是我多么了不起的狮子王子。"

小公鸡就这样成了"狮子小王子"。

狮子非常疼爱他的小王子，一步也不愿意离开他。

有一天，狮子有事急着出门，他托邻居锦鸡太太好好照顾自己的小王子。

"狮子小王子"在家里觉得无聊，他想出门走走。锦鸡太太说："你可不要走远，要不狮子王会责怪我的。"

"好的，我只是想出去散散步。"

"狮子小王子"走哇，走哇，走到一个枯草堆前，瞧见一只老母鸡正在草堆里扒呀扒呀。

"请问，你在找什么宝贝吗？"

"是。"母鸡回答，"我在找我在这儿下过的一个蛋，一个可爱的蛋，那可是我的珍宝。"

"听说，我的狮子爸爸在这儿下过一个蛋，怎么会是你在这儿下的蛋呢？"

"胡说八道。"母鸡生气地说，"母鸡才会下蛋，我记得清清楚楚，我在这儿下了一个蛋。"

为了这事，"狮子小王子"和母鸡咯克太太争论起来。

这时，不放心小王子的锦鸡太太飞来了，听了他俩的争论，锦鸡太太说："看来，咯克太太说得没错。当年，狮子误以为自己下了蛋，事实上这蛋是咯克太太产下的。而我孵出了这个蛋，从蛋壳里出来的就是你——狮子小王子。"

"狮子小王子"这才明白，自己是母鸡咯克太太的孩子。

咯克太太把小公鸡带回了家。小公鸡认识了自己的爸爸和兄弟姐妹，他这才知道，自己是一只多么幸运的小公鸡。

由于小公鸡在狮子王身边长大，他显得很勇敢，很帅气，很有猛将风度。大家都喜爱这只英俊的小公鸡，连狐狸和狼都害怕他，离他们家远远的，小公鸡成了大家的保护神，大鸡小鸡都骄傲地称呼他——我们的公鸡王子。

当狮子回家，听锦鸡太太说起小公鸡的事，狮子痛苦地大哭起来，这是狮子王一生中第一次哭，伤心的眼泪像雨点一样落下来，把草地都打湿了。

而且，因为思念小王子，狮子头上的头发开始一把一把地掉下来，他快成一只秃脑瓜儿狮子了……

　　一天，锦鸡太太遇见了公鸡王子，她告诉小公鸡："你的狮子爸爸十分思念你，他都快成一只秃脑瓜儿狮子了。"

　　公鸡王子知道了很吃惊，也很伤心，从此他每次趁着散步的机会，就来森林里探望他的狮子爸爸，这让狮子喜出望外。

　　小公鸡还关心狮子爸爸脑袋上的头发是不是都长出来了。

　　狮子爸爸抚摸着自己的脑袋说："这无关紧要。重要的是，我曾经有过一个王子，一个能把太阳叫起来的王子，不管他叫作狮子王子，还是公鸡王子，这都让我骄傲。"

蛤蟆的手杖博物馆

从此以后蛤蟆先生成了手杖的热心收集者。后来，他还在自己家中办了一个手杖博物馆。他收集的各个年代、各种材料制成的手杖有几百根之多。

蛤蟆先生总觉得自己老了，很老很老了。

所以，他每次出门总要拄一根手杖，而且是一根制作精良、颇有艺术气息的手杖。

糟糕的是蛤蟆先生常空着手回来。

他一回到家，就要在躺椅上想半天，回忆他到底把手杖忘在哪里了。

有一天，他的好朋友青蛙先生上门来。

好朋友一下子送给他八根手杖，根根手杖都制作精美，极富艺术性。

蛤蟆先生抚摸着这八根手杖，惊奇万分，他说："青蛙先生，你一下子送我八根手杖，而且是如此精美的手杖，真让我太感动了，我怎样感谢你呢？"

青蛙先生笑了，他说："不用谢我，谢你自己吧，这本来就是你的手杖，是你丢掉的手杖，我只不过把它们捡了回来，物归原主罢了。"

"是吗？"蛤蟆使劲捶自己的脑袋说，"我老了，真的老糊涂了。"

青蛙先生说："这恰恰证明你没老，你丢掉了手杖，照样能

步行回家，这说明手杖对你来说是多余的。你健壮极了，根本用不着手杖。"

"是吗？"蛤蟆又捶打自己的脑袋说，"这么说来，我真的没老，真的不需要手杖？"

"不需要，完全不需要，这八根掉落的手杖就是一个证明。"

"那么，我还留下这八根手杖干什么呢？"

"你有兴趣的话，可以做个手杖的热心收集者。说不定用不了多久，你能建立一个手杖博物馆。"

真的，从此以后蛤蟆先生成了手杖的热心收集者。后来，他还在自己家中办了一个手杖博物馆。他收集的各个年代、各种材料制成的手杖有几百根之多。他的手杖博物馆吸引了许许多多的观众。

不过，一直到蛤蟆先生离开这个世界，他自己再也没有用过一根手杖。

阿斑虎
和画里的窗子

　　窗外飘下了第一朵雪花，它告诉阿斑虎严冬已经来到。阿斑虎在屋里生起暖融融的火，他对着墙上的那扇窗户，拉小夜曲，拉催眠曲，拉一支支悠扬而抒情的乐曲。

阿斑虎是一只很漂亮很能干的老虎。阿斑虎在山坡下为自己造了一间很舒适的房子。房子在一座小树林里，有尖尖的房顶，有好看的窗户，还有一扇挺美丽的小门，阿斑虎每天就从这里进出。

有一天，阿斑虎瞧着雪白的粉墙说："我为什么不在这里挂一幅画呢，有了一幅画，我的屋里会变得更好看的。"

于是，阿斑虎就出门去，他在河马先生开的画廊里挑了一幅他很中意的画。阿斑虎掏出自己积蓄了很久的钱，买下了这幅画，把它挂在自己家雪白的粉墙上。

画上画的是一扇大大的窗户，窗户四周爬满了绿绿的常春藤。那常春藤真好看，有风儿吹来的时候，那一片片叶子仿佛都在飘动呢！

画中间的那扇窗户更引人注目，窗户的顶是穹形的，窗上的一块块小玻璃是五彩的，太阳光照在窗户上的时候，每一块玻璃都会发出宝石般的光亮来。

阿斑虎躺在床上，盯着这美丽的窗户看，他有时会看上很久很久。

阿斑虎总在想，这窗户里住着谁呢？这窗户里会有些什么东西呢？

他太想打开这扇窗子看看。

他想，也许窗户里住着的是一位骄傲的、像花儿一样美丽的公主。这时，阿斑虎就会把自己想成一位王子，一位英俊、勇敢而多情的王子，他多么想娶这位美丽的公主为妻。

有时他想，也许窗户里住着的是一位有法术的魔法大师，他蓄着长长的灰白胡子，戴着高高的礼帽，他讲话的声音像猫头鹰一样，让人充满神秘和恐惧的感觉。这时，阿斑虎就会想，让我向魔法大师学会那念起来很拗口的咒语，我能为自己变出很多有趣的东西来，我就能成为一位万能的魔法师……他就这样胡思乱想。

可是，那扇窗户始终关得紧紧的，他根本没法知道窗子里的一切。

那是一个夏日的夜晚。

天很闷热，阿斑虎热得睡不着，他爬起来，打开窗户，望着窗外。窗外闪烁的星星一下子都不见了，仿佛是在和谁捉迷藏似的。

满天密布着黑沉沉的乌云。突然，一道亮亮的闪电，像剑一样划破长空，照亮了阿斑虎门前的小路和远处的森林。"轰——隆隆！"一声惊天动地的雷声响起了。

紧接着雨点儿哗哗地洒落下来，一片雨点打到了阿斑虎的鼻子上，他赶紧关紧了窗户。

就在这时，又是一阵"轰——隆隆"的响声，把阿斑虎震得跳了起来。

"救命啊！"阿斑虎听见一声尖尖的惨叫。

他不知叫声来自何方。随着又一阵雷声的响起，他才发现，他墙上那幅画上的窗子打开了，窗子里有一只小刺猬，他正用两只手捂着耳朵，在喊救命呢！

这时，阿斑虎像童话中勇敢的王子一样，他跳进窗户，安慰小刺猬说："别怕，别怕，有我在呢！"

小刺猬见来了一只老虎，起先有点害怕，后来见阿斑虎很温和、很友好，就不再害怕。

"谢谢你来和我做伴，老虎哥哥。"小刺猬挺可怜地说，"我太害怕打雷了。"听见小刺猬喊自己哥哥，阿斑虎很高兴，也很自豪。他说："我叫阿斑虎，小刺猬你别害怕，我会帮助你的。"

小刺猬不再害怕，他很欢迎阿斑虎来做客，可惜的是他的房间太小，没有可以让阿斑虎坐的合适的椅子。

阿斑虎笑着坐在铺着地毯的地上，说："这里不是蛮好的吗？你的屋子收拾得真干净。"

小刺猬坐在一张小摇椅上，因为阿斑虎坐在地上，小个子的刺猬可以和阿斑虎面对面地交谈了。

小刺猬给阿斑虎讲有趣的故事，唱好听的歌；小刺猬还给阿斑虎做了一大锅子热气腾腾的汤。阿斑虎喝了一口说："天哪，我从来没有喝过这么好喝的汤，这是什么汤？怎么做的？"

小刺猬说："这叫'老祖母汤'，是我的一位老祖母首创的，她把这门手艺传给了我妈妈，我妈妈又传给了我。对不起，这配方是保密的。"

阿斑虎笑了，他说："没关系，就算我知道了秘方也不会做的，我很笨。"

"但是你很勇敢，很有同情心。"小刺猬开心地说。

阿斑虎一口气喝了五碗汤，他觉得"老祖母汤"实在好喝。

阿斑虎从小刺猬的窗子里爬回到自己家，夜已经很深，暴风雨早已过去。阿斑虎在床上躺着，窗外的满天星斗又回来了。瞧着这满天星斗，阿斑虎怎么也睡不着。

这是高兴的失眠。

阿斑虎不时转过头来，看看那画上的神秘窗户，他现在知道了，那里虽然没有骄傲的公主、万能的魔法师，却有一个普通而可爱的朋友——小刺猬。

第二天早上，阿斑虎起身。他朝墙上的画看去，那画上的窗户紧闭着，窗户的四周布满绿色的常春藤，窗户上的五彩玻璃在阳光下闪耀着宝石般的光亮。这扇窗户和平时的窗户一样，阿斑虎弄不清楚，昨晚的那些奇怪的经历，是真实的呢，还是一场梦？

但是阿斑虎的嘴里是的的确确留着"老祖母汤"的余味的。

整个夏季里，降过好几场暴风雨，每场暴风雨来到之前的电闪雷鸣中，他都能见到小刺猬打开那扇神秘的窗户，尖叫着："救命啊！"

每次，阿斑虎总是飞快地跳进窗户里，坐在小刺猬家柔软的地毯上，听小刺猬唱歌、讲故事，喝他煮的"老祖母汤"。阿斑虎终于明白，这不是梦，这是实实在在的、让人高兴而又神秘的事。

夏天很快过去，秋天来到了。再也没有雷雨天气。即使下雨，也是那种淅淅沥沥的、让人愁断肠的雨。没有电闪雷鸣，阿斑虎墙上那幅画里的窗户总是紧闭着，连一道可以望见小刺猬屋里景象的缝也没有。

阿斑虎太想念小刺猬了。他想看到小刺猬打开窗户喊救命，想坐在小刺猬家的地毯上，听他唱歌、讲故事，还想喝他亲手煮的"老祖母汤"。

阿斑虎变得很烦躁，他抬头望着蓝蓝的天空，那里再也不会出现乌云滚滚、雷声隆隆的场面。

有时，他忍不住想冲进这扇窗户里去，可是他知道那是没有用的，这是个有魔力的窗，即使撞坏了窗也进不了小刺猬的屋子。

任何粗鲁和不礼貌的举动，都会毁坏这一切。

烦躁的阿斑虎出门散步去了。

他穿过森林，穿过草丛间的小路，来到他的好朋友鹈鹕太太开的百货公司。平时阿斑虎很少逛商店，今天只是为了忘掉心中的烦恼，才想到来百货公司的。

在鹈鹕太太的陪同下，阿斑虎从一楼逛到二楼。

阿斑虎来到乐器柜台前，在一个大鼓前停了下来，鹈鹕太太不明白，他的好朋友怎么会对一个普通的鼓感兴趣。

阿斑虎想了一会，说："这鼓我买下了！"

鹈鹕太太惊奇地问："你是想组织一支交响乐队吗？我这里还有长号、小号和萨克斯管呢！"

"不，我只要鼓，"阿斑虎说，"我自有用途。"

阿斑虎背着大鼓回到了房间，他把大鼓放在房间的角落里，他拿起鼓槌，使劲捶着鼓面。

"轰——隆隆，轰——隆隆！"可怕的响声一串连着一串，这声音就像打雷一样。

"救命啊！"

果然，正如阿斑虎所料，墙上那幅画上的窗户打开了，没等小刺猬仔细看周围的一切，他就跳进了窗子——阿斑虎又能坐在小刺猬对面的地毯上，听小刺猬讲故事、唱歌了。当他喝着热热香香的"老祖母汤"时，小刺猬有点奇怪地说："今年怎么搞的，都到了秋天了，还会有这么响的雷声？"

这话像鼓槌一样，重重地敲在阿斑虎的心上，阿斑虎的脸上发烫了。瞧着小刺猬真诚而又充满疑惑的脸，阿斑虎捧汤的手有点发抖。他不知怎么说才好。

阿斑虎的心里很不安，也很害怕。他怕小刺猬知道了真相，再也不要他帮助了；阿斑虎心里也很难受，他为自己的愚蠢举动感到内疚，捧汤的手抖动得更厉害了。

小刺猬说："阿斑虎哥哥，你怎么了，是我煮的汤太烫了吗？真对不起。"

"不。"阿斑虎觉得更伤心了，他淌下了两行眼泪。

"你，你，怎么了？"小刺猬惊慌起来。

阿斑虎把自己是怎么欺骗他的事说了出来，他等待着小刺猬发脾气或责备。可是小刺猬并没有生气，他说："谢谢你告诉我真相，否则我会一直想着秋天打雷这件奇怪的事。我不知道你那么喜欢和我在一起，那么喜欢喝我煮的汤，以后我会经常打开窗户，请你来做客的。"

"我以后再也不用打雷来骗你了。"

"是的，你不应该骗我，不然我会整天提心吊胆。再说，我就要冬眠了，要是你在冬眠时吵醒我，我会整个冬天睡不着，那样我就会生病或死去。"

"不，我不会让你生病，更不会让你死去！"阿斑虎惊慌地说。

"好的，那么让我们在春雷响后再见面好吗？"

"当然好，为了让你好好冬眠，我会耐心等着的。"

小刺猬从抽屉里拿出一张纸说："我不知道你那么喜欢喝'老祖母汤'，我说的保密是开玩笑的，请别见怪。这就是煮汤的秘方，你会在这整个冬天都喝到'老祖母汤'的。"

阿斑虎非常高兴地接过了小刺猬珍藏的秘方。阿斑虎说:"谢谢你,我会照着这个秘方学做'老祖母汤'的。"

"那好哇!到那时我就上你家喝你煮的汤,我还把我一整个冬天的梦编成故事讲给你听,我还会给你唱最好听的歌。"

"太好了,我会等你的,我也会给你一个惊喜。"

阿斑虎回到了自己的屋子。

过了没多久,窗外已经是深秋。秋风一阵紧一阵,阿斑虎能听到落叶在地上奔跑的声音。为了度过这漫长的秋天和冬天,为了给小刺猬一个惊喜,阿斑虎又来到他的好朋友鹈鹕太太的百货公司里,这次他在鹈鹕太太的百货公司里选购了一把精致的小提琴,这使鹈鹕太太更相信,阿斑虎要组织一支交响乐队。

阿斑虎用微笑来对待鹈鹕太太的猜测,他要为自己,也为他的好朋友保密。

阿斑虎开始向森林里最出色的小提琴手豪猪先生学拉小提琴。

豪猪先生从来没有教过这样出色的学生,阿斑虎非常尊敬他的老师,学得仔细又认真。很快,他就学会了拉各种乐曲。

豪猪先生发现,阿斑虎最喜欢拉小夜曲和催眠曲,这类的曲子他学得最快,进步也最大。

阿斑虎已经学会拉许多著名的乐曲了。每当拉起这些乐曲,他会闭上眼睛微微摇晃着,感情非常投入。

窗外飘下了第一朵雪花,它告诉阿斑虎严冬已经来到。阿斑

虎在屋里生起暖融融的火，他对着墙上的那扇窗户，拉小夜曲，拉催眠曲，拉一支支悠扬而抒情的乐曲。阿斑虎相信，自己拉的这一支支乐曲，还有屋子里的阵阵暖意，一定会透过那画上的窗户，不断地进入小刺猬小巧而舒适的屋子。听着这动听的、充满暖意和友情的曲子，小刺猬整个冬天都会睡得安宁而甜蜜。

每当拉琴累了，阿斑虎就拿出小刺猬给他的那张"老祖母汤"的秘方，细细琢磨。

终于有一天，阿斑虎下决心来煮汤，他第一次煮的汤并不好

喝。但是过了不久，他煮出的汤就和小刺猬煮的一样好喝了。

阿斑虎高兴极了，他说："友谊让我变聪明、变快活了。"

是啊，有谁能比一个会拉小提琴又会煮美味汤的老虎更快活呢？

每当阿斑虎拉完小提琴，他就把煮好的汤放在那张用鼓改成的小圆桌上。

他坐在桌前，喝着热气腾腾的"老祖母汤"，瞧着画上的那扇挂着常春藤的神秘窗户。虽然窗户还紧闭着，但是阿斑虎仿佛听到从窗子缝里传出的小刺猬的阵阵鼾声。

小刺猬的鼾声是那么的甜蜜和平稳，就像他拉出的小夜曲和催眠曲一样。

阿斑虎举起汤碗，轻轻地说："小刺猬，等春雷响后，我要请你来我家，喝我煮的汤——真正美味的'老祖母汤'，我要听你说最好听的故事，我还要请你随着我的琴声，唱一支快乐的春天之歌！"

阿斑虎仿佛已经听见春天的脚步声，听到原野上春雷的滚动声。

他知道随着那惊天动地的春雷，画上的那扇窗户会再次打开，不过小刺猬喊出的第一声，不会是"救命呀"，而是——"阿斑虎哥哥，你好"。

呼呼噜
和猫头鹰巫婆

猫头鹰一念完咒语，小猪呼呼噜就飞也似的跑回家。他躺在床上，想象自己有一座宏伟的城堡。果然，一座神奇的城堡一下子出现在他的身边。

一

小花猪呼呼噜很爱幻想。

呼呼噜每天吃饱了，喝足了，在进入梦乡以前，他都要幻想好一阵子。

他幻想自己成了一个国王，成了一个富翁，他还幻想自己遇到了一位漂亮的公主，还拥有一座蓝色的城堡……

二

呼呼噜听说，树林里有一位猫头鹰巫婆，她有着神奇的魔法，她只要一念咒语，就能让人们实现自己的愿望。

呼呼噜去找猫头鹰巫婆。他说："猫头鹰奶奶，请让我的幻想都变成真的，让我享受一下幻想的成果吧。"

猫头鹰巫婆说："我当然能满足你的愿望。我念完咒语，你回去试试吧。"

"麻米么，米麻么，麻麻米么……"

猫头鹰巫婆念起了咒语。

三

猫头鹰一念完咒语，小猪呼呼噜就飞也似的跑回家。

他躺在床上，想象自己有一座宏伟的城堡。果然，一座神奇的城堡一下子出现在他的身边。

他想城堡里应该有很多漂亮的家具。

果然，每个房间里都有了崭新的家具。

他想，每件家具的抽屉里、橱门里，都放着新奇有趣的玩具和好吃的东西。

果然……

呼呼噜想要的东西，都一件件出现在城堡里。呼呼噜停止了幻想，他想下床享受一下自己幻想的成果了。

可是，当他的脚刚一接触地面，这城堡，这家具，这玩具和好吃的东西，一下子都消失得无影无踪。

小猪呼呼噜又试了几次，每次都这样。

四

呼呼噜很失望，他去找猫头鹰巫婆。

猫头鹰巫婆说："只能是这样。你在幻想中创造出来的东西，只能在幻想中享用。只要你的脚一踩实地，那些东西就像风一样消失，即使再有魔力的咒语，也帮不了忙。"

猫头鹰巫婆看着垂头丧气的呼呼噜说："假如你要享受实际存在的东西，你只有实际地去创造。你用一砖一瓦造的房子，你用一点一滴的努力积累下来的财富，再厉害的咒语也不能使它消失……"

猫头鹰巫婆看着若有所思的呼呼噜说："这是我教你的最有用的咒语，你懂了吧！"

五

"我懂了！"小猪呼呼噜坐在一棵大橡树下，他手托着下巴在自言自语，"我应该像猫头鹰奶奶说的那样，去现实世界努力……"

你的天空
我的草地

在地面看云彩、太阳、月亮，还有星星，都是很美的。特别是坐在草丛里，四周有青草好闻的香味，还能采酸酸甜甜的果子吃，这时候的心情真好……

小刺猬在草丛里散了一会儿步，他来到一棵大杨树下休息。小刺猬看见有只在天空飞了半天的白头翁也落在枝头。

　　"小白头翁，你真了不起！"小刺猬抬头说。

"我没什么了不起，只是一只普通的小鸟。"

"不，你一点儿也不普通，瞧你在天空飞翔的姿势多美丽，我真羡慕你。"

"对鸟来说，这没什么，只是一种普通的本领。"

"你能把你那普通的本领教我一点儿吗？我太想飞上天空去看看了。做梦也想……"

"我想，一只鸟是不能随便教别人飞的。我妈妈说过，要是连蛇和黄鼠狼都能飞上天空的话，我们鸟就完了。"

"不，我不是蛇，也不是黄鼠狼，我只是一只很和善、从不欺侮别人的刺猬，连我也不能教吗？"

"我得问问我妈妈去！"

小白头翁飞去找她的妈妈了。

不一会儿，小白头翁又飞回来了。

"小刺猬，我不能教你飞行。我妈妈说了，你没翅膀，没翅膀是不能飞行的，教了也没用。"小白头翁说。

"真的吗？这太让我失望了。你的翅膀能借我用用吗？"

"翅膀是长在身上的，怎么能借给别人呢？就像我不能借你满身的刺儿一样。"

"这倒是的。"小刺猬说，"不过我太想去天空看看了，你能说说在天空看到地面是怎样的吗？"

"在天空看地面，地面上的小河像一条带子。"

"一条窄窄的带子吗？"

"是的。大树和高山也变得很小……"

"小得好像一步就能跨上去吗？"

"没错……"

"哦，太神奇了！"小刺猬沉思起来，仿佛他已经飞上了天空。

"不过，我觉得在地面看天空也许更神奇。"小白头翁说，"我平时总是飞在天上，很少在地面上看天空的云彩、太阳和月亮……"

"哦，在地面看云彩、太阳、月亮，还有星星，都是很美的。特别是坐在草丛里，四周有青草好闻的香味，还能采酸酸甜甜的果子吃，这时候的心情真好……"

"太让人羡慕了。"小白头翁说，"妈妈不让我随便去草丛，她说那儿太危险，有蛇，有黄鼠狼，一不小心会给他们吃掉，那里不是鸟该去的地方。我很少去草丛，即使去也提心吊胆，根本来不及细细欣赏四周和天空的景色。"

"这么说，你有天空，你的天空是很美的；我有草地，我的草地也是很美的。"

"当然是这样！"

"我以前怎么没想到呢？"小刺猬说，"我以后会在草丛里多走走多看看。看看草儿是怎么长大，怎么开花、结果的；看看雨后的小蘑菇是怎么撑着美丽的小伞，怎么透出好闻的香味的；看看白色的蒲公英小球是怎么飞上天的……我会把这些都告诉你的，好吗？"

"好哇。"小白头翁说，"我也会把天空中看到的奇妙事告诉你的。"

小刺猬和小白头翁不再说话，他们一个想要飞上天空去，另一个呢，也想重回草丛里散步……

爷爷的老房子

中间是一条宽宽长长的主弄堂，边上像鱼骨一样排列着一条条支弄堂。支弄堂的路比主弄堂稍窄一些。不管是主弄堂还是支弄堂，两侧全是一幢幢紧挨着的楼房，而且式样几乎一模一样，不仔细看的话，没准还会摸错门。

一、爷爷要回老房子住

爷爷回老房子很久了，我很想念他。

爷爷奶奶很长一段时间是和我们住一起的。我家住在一个漂亮的住宅小区里，不过那是在城市的近郊。我们住的是叠式公寓，就是有楼下、楼上的两组公寓，门前还有一个小小的花园。

整幢楼有四层，住着两户人家。楼上的人家从后门进出，我家从前门出入。

爷爷奶奶住得好好的，怎么会想起回城里的老房子住呢？

爸爸说，老两口也许有点怀旧，因为爷爷奶奶小时候是在同一条弄堂里长大的，他们也是在那儿恋爱、结婚，生下爸爸的。爸爸说，老房子有特别的味道，能让人回忆起许多事情。再说，住在城里看医生、买东西、走亲访友都方便。住在郊外，房子虽然宽敞，空气也新鲜，但对老人来说，会显得寂寞一点。

妈妈说出了更深一层的理由。她说爷爷奶奶看我长大了，觉得小孩也该有一个单独的房间，于是他们把自己原先住的楼下的房间，改成爸妈的书房，楼上的小书房便成了我的单独空间。

不管怎么说，爷爷奶奶是高高兴兴地回城里老房子居住了。

二、长长的弄堂

暑假里，盼望好久的机会来了——我终于可以去爷爷奶奶家的老房子住上一段时间了。

爸爸带我走进老弄堂，我有些惊呆了：多么长、多么深的老弄堂啊！

中间是一条宽宽长长的主弄堂，边上像鱼骨一样排列着一条条支弄堂。支弄堂的路比主弄堂稍窄一些。不管是主弄堂还是支弄堂，两侧全是一幢幢紧挨着的楼房，而且式样几乎一模一样，不仔细看的话，没准还会摸错门。不过，爸爸不会摸错门，他自小便住在这里，可以说是熟门熟路。

爷爷奶奶对我的出现喜出望外。

爷爷忙着去弄堂口的便利店里帮我买冷饮，说是我和爸爸一路上热了，消消暑。奶奶呢，紧紧搂着我，怕我马上会跑掉似的，嘴里还一个劲地说："小南长高了，南南长高了……"

爸爸在屋里待了不久就准备走了，他还要在城里办事，便把我交给了爷爷奶奶。

"在爷爷奶奶身边，乖点。爷爷奶奶年纪大了，你得关心他们，别添乱！"

"不会，不会。"奶奶说，"我家小南自小就乖。"

"还有，"爸爸笑着说，"认清自己家门口，这里的房子都一模一样，别跑进别人家去，爷爷奶奶就找不到你了。"

"不用担心，这条弄堂里谁不知道，我有个小孙子叫南南，丢不了的……"爷爷也笑着说。

三、老房子和庭院

1

爷爷带我参观老房子。

老房子是从后门进出的，一般的里弄房子都这样。进门先要经过一个叫灶披间的地方。那是奶奶做饭的厨房，光线有点暗，房间也不大，但作为厨房，是绰绰有余的。爷爷说，现在这厨房供两户人家用，另一家长期不在这儿住。但奶奶还是把他家的厨柜擦拭得一尘不染。

厨房里的炊具摆放得有条不紊，窗台上两盆小小的绿色植物，更衬托了这里的整洁和温馨。

从灶披间往里走，经过通向楼上的楼梯口，便进入了客堂间。客堂间前头是一个小客厅。客厅里放着一张餐桌、几把椅子和一组沙发。小客厅前面是个小小的庭院，庭院里种着一棵很高大的树。

这棵树我认识，我们现在的小区里也有，叫夹竹桃。这棵夹竹桃有年头了。比起我们小区里的那些夹竹桃，它高大粗壮，算是爷爷辈的了。树上开满了白色的花。

庭院里还种着一些盆栽，开着各种颜色的花。

庭院边上有一张小小的桌子和一把藤椅，那是爷爷看书、喝茶的地方。庭院前有两扇黑黑的大铁门，那门很少开，经常紧关着。

客堂间的后半间，是爷爷奶奶的卧室。

沿着楼梯上楼，是一间小小的亭子间，那是在灶披间楼上的小房间。这是爸爸小时候住的，现在他有时来城里办事，还会在小屋的铁床上睡一晚，陪陪爷爷和奶奶。

这几天，这里将是我住的小房间。

从亭子间往上，是一间大房间，房间门紧锁着。爷爷告诉我，那家的主人都去了国外，房子空了很多年。

在一楼和二楼中间，还有个低矮黑暗的二层阁，现在是爷爷家的储藏室，里面放着一些杂物。

三楼有一间两边稍矮、中间高的阁楼，阁楼顶上竖立着一扇

窗户，房间里有一张大床。这里原先是二楼邻居家的，后来由于爷爷家人口增加，那家人在出国前把它让给爷爷家了，由爷爷的女儿，我爸爸的姐姐居住。后来我的这位姑妈去外地安家了，现在这房间也空着。三楼外有个不大的水泥晒台，那是用来晒衣服的。

整个楼房，现在就住着爷爷一家。但爷爷奶奶一点也不觉得寂寞，弄堂里有很多熟人，每天人来客往，非常热闹。

参观完整幢老房子，爷爷让我在亭子间休息一会儿。

我在亭子间往窗外看，窗下的弄堂里，有几位老人坐在后门口闲聊，还有小孩在打闹游戏。看见我把头伸出窗外，他们热情地招呼我下楼和他们一起玩。

一直生活在郊外公寓楼里，我并不习惯和邻居的孩子一起玩。在我们那儿，家家户户都关着门，互不来往的，住了很多年，我和邻居的孩子还互不相识。

亭子间的门没关，从楼道里传来奶奶在厨房里忙碌的声音和盆碗碰撞的叮当声……

2

午饭后，我睡了一觉。

我的午睡，被窗外两个老人的说笑声惊醒了。

睁开眼望着天花板，我发觉自己睡在一个陌生的地方。过了好一会儿才想起来，这是在爷爷家老房子的亭子间里。

屋子里很静很静，能听到桌上小闹钟的嘀嗒声。窗外，依然传来两位老人的谈天声，声音不大却传得很远，时不时还能听到弄堂里小孩在追赶打闹……

这更显出屋子里的寂静。

这不是一般的静，你能分辨出喧闹在远处，而安静在身边。我很享受这种安静，它和我自己家的那种安静不一样。我家的安静，是以冷寂为背景的，因为我们那儿的房子间距很大，一幢房子住两户人家，有时安静得只能听到窗外树叶的沙沙声，很少有其他声响。有时候，会让你有一种很孤独、很无聊的感觉。

此刻，我躺在小铁床上，享受着这个暑假的第一个午觉带给我的舒服的感觉。

我不想马上起身。

过了一会儿，我刚想去看看窗外两位谈天的老人，亭子间的门被轻轻推开，伸进一张慈爱的笑脸，是爷爷。爷爷轻声问道："睡醒了，小伙子？"

"睡醒了。"我也笑着回答。

"那就下楼活动活动吧！"爷爷把亭子间的门开得更大一点。

来到楼下的小庭院里，我搬来一张凳子，靠在爷爷的藤椅前。爷爷呷了一口浓茶，悠闲地看着满院的绿叶红花。头上夏日的阳光依然很强烈，不过大部分阳光被枝叶繁茂的夹竹桃给遮住了。浓密的夹竹桃树叶给庭院撑起一片浓荫。

这时，奶奶送来一碗百合绿豆汤，说："午睡醒了，舒服吧？喝一碗绿豆汤会很凉快。"

爷爷说："这是你奶奶最拿手的手艺，是老弄堂里消暑的佳品。"

我从奶奶手里接过碗，喝了一口，甜甜的、凉凉的，夹着一股豆香，还有百合略苦的鲜甜味。"真好喝！"我说。

瞧我喝完百合绿豆汤，爷爷又和我聊了一会儿，他抬头望着

庭院的上空，阳光不再那么强烈。

"小南，我们去老弄堂转转吧，我们老弄堂里是藏着许多故事的，你爸爸小时候就在这儿长大，你也应该见识见识……"

"老弄堂里有故事？"我对故事有一种天然的兴趣。

"当然，故事还不少呢。这会儿弄堂里凉快了，我们去走走。"

四、两棵高大的夹竹桃

1

走出爷爷家的后门口，弄堂里果然很凉快。每家每户的庭院，都有绿色植物伸出墙外。

爷爷不停地给我介绍：这一家种的是无花果树，茂密的枝叶中，已经可以看到一个个青色的果子；对门那家种的是枇杷树，可惜我来晚了一点，早先这树上挂满金色的果子，他们家摘下枇杷，还会和大家分享，那果子香香甜甜的。眼前这家种的是一棵柿子树，"你看到上面结的小柿子了吗？"我抬头望去，叶丛中果然躲着不少青青的小柿子。爷爷说，我又来早了一点，没法尝到那些甜蜜的小柿子，这树看上去不大，结的果子可不少，还很甜。有的院子里种的是红的、白的蔷薇花，密密的花朵漫出墙外，像美丽的瀑布……

我抬头望着这一户户面积不大，却很有个性的庭院，像浏览一幅幅很养眼的画。

穿过爷爷家门口的支弄堂，快到主弄堂了，爷爷不断地和坐在后门口乘凉的邻居打着招呼。

在这些人中，我看到了刚才在我亭子间下面聊天的那两位老人，一位七十多岁，一位六十多岁，都有着花白的头发和慈祥的笑脸。那说话的声音，我听得出来。

"老秦，这是你家纯纯的孩子南南吧？"其中一位老人问。

"没错，是我的小孙子南南。"爷爷笑着答话，转头对我说，"快叫丁奶奶和李奶奶！"

"丁奶奶好！李奶奶好！"

"乖，乖，记得我刚嫁到这儿来的时候，你家纯纯还没南南这么大。这一转眼，你孙子都这么大了。"丁奶奶感叹地说，"我们都老喽……"

"不老，不老，"爷爷说，"都还年轻，我还记得你当新娘时的模样啊。"

2

我并不认识这弄堂里的哪一个人，但他们似乎都认识我，都知道我是爷爷的孙子，是纯纯的儿子。我爸爸叫秦昆纯，纯纯是他的小名。我第一次听到有人叫爸爸的小名，差点笑出声来。

关于爷爷的称呼，有人叫他秦伯伯，有人叫他老秦，也有人叫他秦总，因为他当过厂里的总工程师。还有叫他纯纯爸爸、秦大哥的，看来爷爷的称呼真够多的。

穿过这边的支弄堂，到了对面的支弄堂，爷爷指着不远处说：

"那儿是你奶奶小时候的家。"

"奶奶小时候的家？"我好奇地问。

"是的。你奶奶从小在那儿长大，我们打小认识，在一起读书，以后她才嫁到我们这一边的弄堂里，也就是我们家的。

"我们绕到她家前门去看看吧，那儿也有一个美丽的庭院。我小时候常在她家院子里玩，从她家的庭院能望见我家的庭院……"

这条支弄堂比爷爷家那边的僻静。站在这边的弄堂口，可以瞧见爷爷家的庭院，瞧见那棵高高的、开着白色花朵的夹竹桃。

走到弄堂中间，有位老人正在弯腰扫地。

"阿芝姐！"爷爷热情地上前打招呼。

"哎呀，是小秦啊，好久没见你了。"扫地的老奶奶直起身，

她头上有着稀疏的白发，嘴里的牙也剩下不多了，"这是小南南吗？纯纯的孩子都这么大了，我们老喽……"

"小秦"是我听到爷爷的又一个称呼，这样称呼他的人可是绝无仅有。爷爷是"小秦"，爸爸就成了"小小秦"，而我该是"小小小秦"了，我不禁自顾自地笑了起来。

"这孩子笑得真可爱！"老奶奶喜不自禁地说，"想当年……"

"别想当年了。多想想现在吧，我们还年轻……"

"还年轻？记得当年搬进这弄堂，你和阿芬才八九岁吧？"

"是的，我九岁，阿芬八岁。"爷爷说，"学校里我和阿芬读一年级，你是我们的学姐，读三年级了……"

"我比你们大两岁，七十多年过去喽！"

"大两岁算什么，你看起来可比我们年轻十岁呢！"爷爷开玩笑说。

"呵！还是你会说话！阿芬还好吗？"

"很好的，过两天让她来看你。"

爷爷拍拍我的头说："还不叫蔡奶奶好。"

我还没叫出口，蔡奶奶就说："叫什么蔡奶奶，怪生分的，就叫阿芝奶奶！"

"阿芝奶奶好！"我连忙叫着。

"多乖巧的孩子！想当年……"阿芝奶奶叫了一声"哎哟"，突然冲进她家的厨房。

"动作那么灵巧，还说老了。"爷爷笑着说，"也许她厨房里正在煮什么东西。"2

只见阿芝奶奶又一下子从厨房里冲出来，手里捧着个大水蜜桃，笑着说："差点忘了，这是我女儿才从无锡带回来的，送一个给小南尝尝。我喜欢这孩子。"

"那就把他送给你家。"爷爷又和阿芝奶奶开起玩笑。

"你舍得吗？想当年……"

"怎么又想当年了？"

"想当年，你和阿芬结婚时，我还去吃过喜酒呢。你们两家是同时搬来的，你们两家院里又同时种下夹竹桃，那是你们和爸妈一起种下的吧，难道你们是亲戚？"

"不，我们两家是多年的好朋友。夹竹桃是我和阿芬一起挑来种下的，你的记性真好。我们看着树慢慢长高，常在树下一起玩……"爷爷望着不远处说。

"去看看这棵夹竹桃吧。"阿芝奶奶领着我们来到奶奶家以前的庭院前，"不过，这棵夹竹桃现在很惨。"

原来这房子奶奶家不住了之后，搬进过好几户人家。楼上人家嫌夹竹桃枝叶茂密，遮了他家的阳光，就让物业管理人员修剪掉树上的一半枝叶，原先很匀称的树冠变得半密半疏、半轻半重，像个动过手术的重症病人。

可怜的夹竹桃树，依然用它那半个树冠伸出院外，眺望着爷爷家的那棵夹竹桃——它在思念当年种下它的奶奶吧。

爷爷叹了口气，领我离开了这里。

我走好远了，还不时回头望望这棵夹竹桃，盼它早日康复……

五、后门口的"绝交"

1

捧着散发出蜜甜香味的大桃子，从阿芝奶奶家的支弄堂口走出来，迎面遇见一位高高胖胖的叔叔。他和爷爷显得非常亲热："秦叔叔，你好！"

"啊，是包子。包子你好啊，好多日子不见了。"

"还好。"这位被称作包子的叔叔拍拍肚子说，"只是又胖了几斤，真的成包子了……"

"注意锻炼和饮食清淡，不能再胖了！"

"谢谢提醒，您家馄饨还好吗？"

我想说，爷爷家没有馄饨，只有奶奶烧的百合绿豆汤。

爷爷抢在我头里说："馄饨很好，他也想你呢，前不久来我这里，还曾去你家看你，正赶上你出差了。瞧，这是馄饨的儿子——小南南。"

"啊，南南，好可爱的小馄饨！"

我差点笑出声来，又是包子又是馄饨，还有小馄饨。

爷爷对我说："这是你爸爸小时候最要好的同学，还是对门邻居。快叫包子叔叔，明年你春天来，就能吃到包子叔叔家的枇杷了。"

原来包子叔叔就住在爷爷家后门对面，庭院里种着那棵茂密的枇杷树。

"包子叔叔好！"我有点不好意思地叫了声。

包子叔叔没听出我的不好意思，他不在乎地说：“小馄饨好。等过两天，包子叔叔有空了，来给你讲讲包子和馄饨小时候怎么要好的故事！”

2

告别了包子叔叔，我问爷爷：“怎么可以叫别人外号，他不生气吗？”

“不生气，这不是外号，是爱称。这不，他还自称包子呢。”

爷爷告诉我，包子叔叔家姓芮。

“‘芮’字你认识吗？草字头下面一个‘内’字。”

“不认识，我们班同学没有这个姓。”

“他的名字叫芮小宝，起先同学们不认识这个‘芮’字，看上去挺像个‘肉’字，就叫他肉小宝，以后就变成肉包子和包子了。”

“那爸爸怎么会变成馄饨的呢？弄得像点心铺似的。”

“这也不奇怪。你爸爸叫什么名字？”

“反正不叫馄饨。他的大名叫秦昆纯，小名叫纯纯。”

“昆纯，昆纯，叫着叫着，在同学嘴里就变成馄饨了。一个班里又有包子，又有馄饨，够热闹吧！”

“啊，我知道爸爸小时候的外号了，我以后也要叫他馄饨。”

“那你不就承认你是小馄饨了吗？”

“不，我不想当小馄饨。”

这时，我们已经走到爷爷家的后门口了。推门时，爷爷让我摸摸门上有什么。

我摸了摸门，看了半天才看出，陈旧的红漆门上，有两个被什么东西划出来的痕迹，再细看了半天才辨认出，是被划过的"绝交"两个字，经历了时间的磨洗，划痕已经变得浅浅的。

　　"绝交，谁跟谁绝交？"

　　"包子和馄饨呗。"爷爷也摸了一下说。

　　"他们不是好得分不开的朋友吗？"

　　"牙齿和舌头还有打架的时候呢，好朋友就不会绝交啦？"

　　"他们是真的绝交？"

　　"当然是真的。包子经常来我们家玩，那次不知怎么的，两个好朋友吵架闹翻了。你爸爸在门前捡了块玻璃碎片，在门上划下了'绝交'两个字，表示不再欢迎包子上门了……"

"爸爸够厉害的，他们绝交多长时间？"

"也就是到半夜吧。"

"他们半夜里相会了，在哪里相会？"

"梦里！"

"您真会编，我要听真的。爷爷快告诉我。"

"当然是真的。他们半夜里在梦中就和好了。因为第二天早上，你爸爸背着书包一出后门，就见你包子叔叔伏在他家二楼的窗口，朝你爸爸友好地挥了挥手，你爸爸也笑着做了回应。包子飞步下楼，打开他家平时很少开的前门，迫不及待地牵着你爸爸的手，两个人不好意思地朝我笑了笑，就开开心心地上学去了。你说，要不是他们半夜里在梦中和好了，怎么会有早上这一幕呢？"

"说得也是。"我说，"我以前读过一位著名诗人写的儿童诗，名字就叫《男子汉的绝交—— 一分钟》。"

我随口背了几句：

这时，你偷偷朝我看了一眼，

我也偷偷地看了你一眼。

于是我走向你，你走向我，

你的手我的手钩在一起。

"对，就这模样。这诗写得很好，很真实。"爷爷摸了一下门上的划痕说，"你也有这样绝交只有一分钟的同学和邻居吗？"

"没有，我们那儿的邻居不怎么来往，不管是大人还是小孩。"

"是这样，公寓房子里的房门一关，谁也不理谁，哪像我们老弄堂，所以我住不惯。"

"有包子和我爸爸那样有情有义的朋友多好。"我对自己说。

"快回家吃桃子吧！"爷爷推着我的后背，让我走进灶披间前的走道。那走道显得有点暗，我回头对爷爷说："你们这儿老房子里故事就是多。"

嘴角还留着蜜桃的香甜味，我已经躺在亭子间的小床上了。

我喜欢这间小屋子。尽管它比我现在的卧室要小许多，陈设也简单，只有一张小床、一个小写字桌和一把椅子，还有一张简易小沙发，奶奶却把屋子收拾得干干净净的，显得特别温馨。

床是小铁床，不像我们家的沙发床垫那么柔软，但我喜欢睡在这有点硬的小床上。

心静下来了。我又听见窗外有人说话，还是那两位老人的声音。这两位老奶奶，做了几十年的邻居吧？怎么会有说不完的话呢？我们家小区里可很少见到这样的景象，大家都来去匆匆，几乎看不见谁家的门口、院子前会有人聚一块有说不完的话。

窗外的说话声突然中断了，我探身一瞧，两位老人的身影消失了。黄昏将近，一定是回灶披间准备一家人的晚餐去了。

这时的弄堂里很寂静，行人也变得稀少了。

3

我抬头望着对面院子里的枇杷树，它在夕阳下显得特别高大、精神，树后是包子叔叔家前楼的窗户。我能想见当年，他和爸爸是怎么楼上楼下招呼着一起上学的，我很羡慕这样珍贵的友情。

我有这样要好的同学和邻居吗？

这次是我自己问自己，回答是没有。

不要说小孩，就是大人也如此。比如爸妈在我们小区住了多年了，不用说别的房子里，就连我们楼上人家姓什么、叫什么、做什么工作，都不知道。

更不用说会有像爷爷这样的老人了，一出门能和许多人打招呼、聊天。

我们学校有位同学就住在我家隔壁一幢楼里，和我上同一年级，不过不在同一班里。我只听见他们班上同学叫他"小盖子"，因为他姓盖。小盖子长得白白胖胖的，很可爱。我们在路上碰着也不打招呼，更不用说在小区里一起玩、互相串门了……

六、楼梯上，黄昏故事的开始

1

住进老房子的第二天，我发现一处我特别喜爱的地方。这地方在楼梯上靠近亭子间的位置，坐在那儿望着楼下特有味道。背后是亭子间，开着门，透出一点光亮，而前面暗暗的，显得朦胧而有神秘感。

坐在那楼梯上，有一种黄昏时分在山坡上望着山下的感觉。

这天傍晚，我就坐在这楼梯上。

楼梯一点也不脏，奶奶每天都要把它擦拭一遍，从楼上一直擦到楼下，地板上可以说是一尘不染。一家人上下楼梯都穿着拖鞋，更不会弄脏楼梯。

　　坐在那里，我抚摸着木板楼梯，那木板有年头了，露出深深浅浅的木纹，就像老人脸上的皱纹。

　　四周暗暗的、静静的。

　　楼下飘来奶奶烧菜的香味。闻得出，今晚奶奶煮的是我平时爱喝的山药小排骨汤，这汤有一种特别的鲜香味。

　　不知什么时候，爷爷也坐到我身边了。楼梯窄窄的，两个人挨得很近，爷爷笑着说："你喜欢这个地方？"

　　"喜欢，这儿特别安静。"

"你想家了？"

"不，我喜欢你们这儿。"

"我和你爸爸小时候都喜欢这个地方。常常在这儿坐着。不过，有时候也不方便，因为这房子里住着三户人家，常有人上上下下。这里最好的时间是傍晚，就是这个时候。家家户户都在烧菜煮饭，忙着家务，很少有人上下走动，坐在这儿特别安静，还能闻到别人家烧菜的香味……"

"以前这儿住着三户人家？"

"没错，三户。这里住的人家还算是少的，多的有五六户人家。"

"五六户怎么住？"

"前楼一家，后楼一家，三层阁一家，亭子间一家……"

"亭子间那么小，能住一家？"

"当然，有的还一家四五口人呢。再加上客堂间一家，灶披间一家，不是五六家吗？"

"可真够多的。"我说，"那我们这幢房子里，住的是哪几户人家呢？"

"最初是两户人家。我们住楼下客堂间和一楼半亭子间。二楼人家住二楼再加上二层阁和三层阁。"

"灶披间两家合用？"

"是的，后来二楼人家家道中落，我们两家人商量着为了省钱，就把原属于二楼人家的二层阁和两家人合用的灶披间租给了一家裁缝铺。裁缝铺就开在楼下灶披间，架上两块大案板，师傅就在这上面裁剪衣服……"

"那你们烧饭怎么办？"

"只好挤一挤。我们在院子里搭了一个小间烧饭，二楼人家在他家房门前烧。裁缝铺呢，晴天在门外烧，雨天就在楼下楼梯口烧。晚上，裁缝铺老板一家三口睡在二层阁里。他们铺子里总共才两个裁缝，老板和他的一位师兄，那位师兄是个老裁缝，白天在这儿干活，晚上回家。另外还有一个学徒的小裁缝，年龄比我略大一点。"

爷爷停了一下说："自从来了这个小裁缝，这房子里就出了许多奇怪的事。"

"什么奇怪的事？爷爷快说……"

就在这时，楼下传来奶奶的声音："这一老一少在楼梯上嘀咕什么呢？快下来吃饭，饭菜快凉了……"

"我在听爷爷讲故事！"

"讲故事也不能耽搁吃饭啊，故事留在明天再讲。"

"行。"爷爷拍拍我放在他膝盖上的手说，"故事长着呢，明天再讲吧……"

我无可奈何地跟随爷爷下楼了。

2

第二天早上，奶奶去弄堂里当志愿者，为大家服务去了。今天的家务活全交给了爷爷。

我吃过早饭，就在庭院里看书。

庭院里很安静，我面朝着那棵夹竹桃。夹竹桃的满树绿叶和白花遮住了阳光，整个庭院非常凉爽。

爷爷小时候种下的这棵树，现在树干已经有碗口粗了，在周围色彩丰富的盆栽映衬下，更显精神。瞧着它让我想起不远处另一棵夹竹桃的不幸遭遇，不由得产生几分同情。

我喝了一口奶奶放在桌边的菊花茶。

这茶一点都不好喝，一股药味，有点苦涩。我在家里从不喝这种茶，我喜欢喝各种饮料。可是，当我喝上第二口时，感觉变了，那味并不难喝，它有一种来自田野的芳香，这种芳香里还含着绿叶、花儿、泥土和阳光的味，很消暑，也很解渴，特别适合在这庭院的浓荫下喝，这也许是老弄堂里的一种传统饮料吧。

我又喝了一大口菊花茶，心安静下来了，渐渐走入我手中的那本书里……

下午，我睡了一个长长的午觉。

黄昏将近，我又坐在楼梯口上。

奶奶上楼经过我身边，我侧过身子让她。

奶奶说："这么早就来这儿站岗了？"

"不是站岗，是坐岗。"我拍拍屁股下的楼板说。

七、老裁缝、小裁缝和神秘猫的出现

不一会儿，爷爷就来到我的身边："还继续听故事？"

"你先给我讲讲二楼那户人家的事吧。你上次说他们家道中落了，那是什么意思？"

"那户人家是浙江宁波人。他家以前有钱，开着一家小工厂，后来男主人生病去世了，工厂也随之倒闭，家中还有妻子和一个读高中的儿子，家道中落就是变得贫困了。我称他家的儿子叫宁波阿哥，他母亲呢，弄堂里的人都称呼她宁波老宁……"

"宁波老宁，什么意思？"

"因为宁波人把'人'都念作'宁'，老人、小孩，在他们口中就是'老宁''小宁'，我们南方有些地方不也这么说吗？不过在宁波人的口中，说起来更强调、更有腔调一点。特别那'老'字还带有一点拐弯，把'老人'连在一起念，听起来更有味道。"

"哦，所以人家就叫她宁波老宁，意思是宁波老人。"我说。

"就这意思。这宁波老宁是个和善又胆小的老人，守着儿子生活，儿子高中毕业后，读不起大学，就去小学当代课老师……"

"她家也有故事吗？"

"有，我下面会讲到。我上次讲到哪儿了？"

"裁缝铺来了个学徒的小裁缝，出了许多奇怪事。"

爷爷想了一下说——

我先说说裁缝铺的老板，快五十岁了，是个秃顶，头上光亮亮的。手上老拿一把竹尺，整天量来量去，在一堆堆布匹中忙碌。

老板平时不管是对邻居，还是对上门的顾客，都是客客气气，面带微笑的，唯有对铺子里这个学徒的小裁缝很凶。小裁缝才十三四岁，刚从乡下出来当学徒。每天不仅要帮老板干烧熨斗、钉纽扣等下手活，还要帮老板娘生炉子、管小孩、干杂活，每天忙个不停。

晚上，老板一家三口睡在二层阁里。小裁缝呢，睡在裁缝铺的案板上。这样，既可以看守铺子，又有了睡觉的地方。

小裁缝名叫山子，常挨老板的打，而且老板打起徒弟来一点也不留情，不是嫌他干活手脚慢、常分心，就是说他爱偷懒、不长进。

竹尺噼噼啪啪落在他身上，我时常听到小裁缝的哭叫声。

有一天傍晚，小山子又挨打了。

他坐在楼梯上，就是我们现在坐的地方，低声抽泣。那时，我也坐在他身边，轻轻抚摸他身上的伤痕。

后来，不知怎么的，突然有只黄黄的、有着斑纹的猫出现了。奇怪的是，它踮着两只脚，直着身子，像人一样走了过来，挤在我们身边，突然和小山子说起话来："别伤心，以后好好干活，学会本领就不会挨打了！"

看来这猫和小山子很熟，不像是第一次见面。

花斑猫说毕，伸出前爪朝小山子的伤痕上一摸，小山子就不觉得痛了。

花斑猫的出现让我很吃惊。

它是从哪里来的？又怎么会和人一样，用两条腿走路？

这猫看上去不像别的猫，嘴里不会发出咕噜咕噜的响声。而且坐在身边，也不是那种暖暖的感觉，而是凉凉的，也许因为是夏天吧。要是冬天的话，会不会变成暖暖的，坐在它身边会不会让人感到舒服呢？

花斑猫很懂事的样子，问小山子为什么平时干活思想老不集中。

小山子告诉花斑猫，他想念在山里种地的爸妈，他不想当学徒，他要留在爸妈身边，和他们一起度灾荒。

花斑猫说："你爸妈靠种地养不活你，把你送进城里学裁缝不是很好吗？"

花斑猫来的时候不见声响，去的时候也会一下子不见踪影。

从此，只要我和小山子坐在一起，花斑猫常会跑来和我们亲热聊天……

说到这里，爷爷又拍拍我说："瞧，天又黑了，快去楼下吃饭吧。要不，奶奶又该叫了。"

这一晚，睡在亭子间里，我的脑子里一直想着小山子的痛楚和那只用两条腿走路的神秘猫。

这是真的吗？我想，这猫也许是爷爷和小山子的童年幻觉吧？再一想，在这样的老房子里，什么故事都会发生。

可是，这猫是从哪里跑来的呢？想着想着，我睡着了。梦里，我也见着了那只像人一样用两条腿轻轻走路的猫……

八、宁波老宁和猫宁

第二天一睁眼，我又听见窗外两位老人的聊天声。好像在谈论天气什么的，她们的声音我已经很熟悉了。

今天上午，我得完成老师布置的暑假作业，写一篇作文，题

目是"假期见闻"。

以往我对作文很头痛,可是今天我特别想写这篇作文。爷爷家的老弄堂、老房子,给了我太多的见闻,我要写院子里的夹竹桃,写包子和馄饨的"绝父",还要写阿芝奶奶给我的大蜜桃……不过,关于老房子里那只会用两条腿走路的猫,还不能写,因为那楼梯口的黄昏故事才开始……

作文一直到下午才完成。

不知怎么的,爷爷很早就下楼了。

他读了我放在桌子上的作文说:"写得不错,很生动,也富有感情,看来你喜欢上老弄堂、老房子了。"

"是的。"我俯身在窗台上,看着外面,"老弄堂很可爱,有许多有趣的故事,这里的人特别亲切……"

"当然了,"爷爷放下作文本说,"哪像你们小区,房子虽然宽敞又明亮,但人与人不来往,冷冰冰的,缺少一点人情味……"

"我们小区也有好的地方,空气好,安静,活动场所也宽敞……"

"我不否认这些,但我住惯了老弄堂,还是喜欢这地方。"

"我两个地方都喜欢。"我回过头来看着爷爷说,"爷爷,今天早点给我讲故事吧!"

爷爷看了一下手表说:"提前了半小时。"

爷爷告诉我,以前他和小山子想要在楼梯口坐上一会儿,总要等到黄昏,天色变暗的时候。

"为什么要等到那时?"

爷爷说，只有这段时间，小山子可以躲开老板的视线和管教，因为这弄堂外面有一家纺织厂，每到黄昏时，许多女工下班会穿过弄堂，有的会来这家裁缝铺量体、做衣服。这时是铺子里两位裁缝最忙碌的时刻，他们一边量一边记，还要应对顾客提出的各种要求，得花不少时间。

这时候的小裁缝，可以偷闲和我坐上一会儿。

爷爷抬头看了一眼窗外的天色，说："好吧，我就提前一会儿给你讲故事。"

今天没有过多的开场白，爷爷清了清嗓子，就进入了故事——

由于花斑猫的出现，我们的聊天变得更有趣了。讲话最多的是小山子，他会给我讲他小时候在山里的故事，以及他白天又有怎样的挨打遭遇。我偶尔会搭上几句，更多的时间是静静地听。

这是楼梯上最安静的时刻，楼里的人都在忙碌，而裁缝铺也忙着接待顾客，几乎没有人上下楼梯。暗黑的楼梯，是我们几个的世界……

花斑猫经常出现在我们身边，它也有缺席的时候，不过第二天它又会出现在这里。

我和小山子从来没有议论过花斑猫，也没有猜测过它的神秘来历。

那天，正当我和小山子坐在楼梯上等着花斑猫的到来时，猛然听见二楼人家的门开了，宁波老宁走出门来。只见花斑猫闪过身跑下楼去。

宁波老宁尖叫起来："猫宁，猫宁，这不是我家的猫宁吗？"

"猫宁"的意思是说，猫竖起身子，用双腿走路，像个猫人。

可是她家从来没有养猫啊，怎么说是"我家的猫人"呢？宁波老宁冲到楼梯口，只有我和小山子坐在那里，随着她的一声喊叫，花斑猫早就消失得无影无踪了。

不过，从这以后，我们知道花斑猫和宁波老宁家有关，我们也随着宁波老宁把这只猫叫作猫宁了。

从这天开始，猫宁出现时更加小心了。

…………

说到这儿，爷爷动了动身子，干咳了几声，说："这儿太热，还是去院子里说吧，那儿凉快！"

"不，不，我喜欢这儿，我去把亭子间的门开大，这样会凉快一点。"我站起身，打开亭子间的门，又捧来奶奶放在我小写字台上的菊花茶。

爷爷咕嘟咕嘟喝了几口，润了润嗓子，又开始讲了起来。

九、裁缝铺的风波

楼梯口的光线更暗了一些。

爷爷指着楼梯下面说——

那一天，一直等到晚上，也没等到小山子上来，我觉得有点奇怪。天完全黑了，老板一家吃完晚饭已经钻入二层阁睡了。

我摸黑走下楼梯，猫宁也悄悄跟在身后。

我们来到灶披间的裁缝铺里，只见小山子没睡觉，正一个人在呜呜地小声哭着，脸上挂满了泪水。

小山子身上又添了不少伤痕。

原来，他因为白天剪坏了一块衣料，又挨打了。

我和猫宁都很生气。

猫宁伸出爪子抚摸着小山子的伤痕。

我恨恨地说："这老板也太狠心了。他怎么不打自己的孩子，得给这个光头老板一点苦头尝尝，让他少耍老板威风。"

猫宁听了这话，没有作声。这时，小山子不再哭泣了。

只见猫宁突然站在案板上，在老板裁剪好的一堆布料上走了一圈，就默默地离开了。

这天，我和小山子一直聊到很晚很晚。

过了两天，裁缝铺门前围满了人。几个纺织厂的女工怒气冲冲地冲进裁缝铺，铺子里一片吵嚷声。原来她们这两天定做的衣服，尺寸都小了许多。

"这样的衣服怎么穿？"

"这可是我们省吃俭用做的衣服啊！"

"赔，赔，赔，以后再也不在这儿做衣服了！"

只见裁缝铺老板面对着一堆刚做好的衣服，头上直冒汗："明明我量的尺寸没错，怎么做出的衣服会这样？"

"谁知道呢，快说赔不赔？"

"赔，赔，我一定赔，请各位宽限几天。我去借钱赔你们的布料，不行就卖铺子关门……"老板哭丧着脸说。

这天晚上，小山子又没来楼梯上，我去找他时，他正在铺子里低着头，一脸愁容。

"怎么了，小山子？"我着急地问。

"完了，完了，我们铺子完了。怎么会出这样的事？"

猫宁不知什么时候又出现了，它嘴上有几根胡须抖动着，露出几分狡黠的笑。

"是你搞的鬼吧？"我悄悄地问。

"没错。我要教训教训这个恶老板！"

"他怎么是恶老板呢？"小山子跳起来说，"你怎么可以这么做？这是我的亲伯父，他不仅接济我们家的生活，还让我到城里来学手艺，挣一口饭吃。现在铺子要关了，我们两家都完了，我回山里种地都不成了……"

"他为什么对你那么凶？"我不服气地说。

"那是为了我好，我不愿意当裁缝，我偷懒。是我爸特意嘱咐他，如果我不好好学，就打，重打，一直到把我打好为止。其实他对我特别好，大家时常吃不饱,他总偷偷地塞馒头给我吃。唉，这下可怎么得了，我害了他……"

听了这话，我一下子说不出话来。

…………

138

十、当个好裁缝

接下来的一天，下午包子叔叔来爷爷家做客，他是来看望我的。

包子叔叔给我带来了好吃的水果和糕点，还送了我几册新出版的儿童读物。其中一册《珍稀动物图鉴》我特别喜爱。

看着我欣喜地抚摸着这册厚厚的精装本图书，包子叔叔说："小南，看着你就使我想起我和你爸爸小时候的事情。我们小时候很喜欢看书，我和你爸省下零花钱，买了很多书，合办了一个小小的'好朋友图书馆'，不仅我们自己看，还和班上同学们分享这些书，大家可欢迎了。"

包子叔叔从送我的书中抽出一册，说："这是一本特别的书，我和你爸小时候都爱看，名叫《中国古代神话》，你瞧这书的扉页上还留有我和你爸的图章，这就是我们专为小图书馆成立刻的

章。我们都很珍惜这本书，送给你留作纪念。拿回去也给你爸爸看看，他一定记得这本书，会想起我们小时候的事情……"

叔叔还讲了许多他和爸爸小时候一起在弄堂里玩的故事，我听得津津有味。

送走了包子叔叔，已经是黄昏了。

我赶紧拉着爷爷去楼梯口坐下，我跟爷爷说，我一直担心着老裁缝的铺子有没有被卖掉，小裁缝后来怎样了。

爷爷笑着拍拍我，说："其实不用担心。这话不是我说的，是猫宁对小山子说的。"

那一晚，猫宁又悄没声儿地来到楼梯口，对还在担忧的小山子说："其实不用担心。"

"怎么，你能把衣服变回来？"小山子惊喜地问猫宁。

"不行，不可能。那样事情全露馅儿了。"猫宁直摇头。

"那怎么办呢？"

"只有你可以救他。"猫宁瞅着小山子，"到你报答你伯父的时候了。"

"怎么报答？干什么我都愿意！"

"让你当个好裁缝，救救你伯父，你干不干？"

"当然干。我愿意当个好裁缝，我愿意好好学手艺，好好干，只要裁缝铺不关门，让我怎么干都行……"

"行。现在还有时间，还来得及，你得利用这几天时间下狠心学。作为一个裁缝，你得懂布料的颜色搭配，你得留心周围人穿的衣服，留意各种颜色怎么配合在一起才好看，这是裁缝的基本功。接下来，我再帮你想想怎么以最快的速度学好裁剪技术……"

"这样行吗？"小山子问。

"行。"我也对小山子说，"只要你不再讨厌学裁缝活。你在你伯父的竹尺下，已经学了不少裁缝本领了。"

"我想也可以，以前我在铺子里，跟着两位师傅学了不少手艺。我不笨，只是没在他们眼前显露过。可这远水能救得了近火吗？"

"我这远水就是要救近火。"猫宁很有把握地说。

从这天开始，小山子睁大眼睛，拼命注意周围的颜色，注意身边从大人到小孩、从男的到女的各种衣服的式样和颜色搭配。

有一天，小山子帮老板给客户送衣服，一去好久没回来。他一进铺子门，又挨老板打了，可他一声也不吭，老板打了几下，扔下竹尺说："铺子都要完了，打有什么用！"

我知道，小山子这么晚回来，一定是到附近公园和街头，去看花花草草和来往行人，观察颜色的搭配去了……

十一、在案板上行走的"猫步"

晚上，奔走了一天，四处借钱的裁缝铺老板早早地睡觉了。

我们来到铺子里，猫宁给小山子讲了怎么给一个人量尺寸。

猫宁说："我在这儿很多年了，看见过裁缝给很多人量尺寸。

怎么量尺寸，是做服装的关键，你得多长一点心眼。你不要把人体看作是固定的、呆板的。要把它们看作活动的、有个性的，这样量出的尺寸，才是最合适、最精准的，你的裁剪也就有了可靠的依据，你设计的服装式样，也才会是舒适和美观的……"

"嗯，我有点明白了。"小山子说，"可是怎样才能把人看作活动的呢？"

"瞧我给你走几步。"猫宁说着跳上案板，在上面迈开脚步行走起来。猫宁经常站着走，原来竟是这么好看。

猫宁边走边说："你想想，我此刻穿什么样的衣服，才是最合身、最好看的，才能显示出一种行走的美丽呢？"

小山子屏着呼吸，眼睛一眨不眨地看着，想着，脸上慢慢地浮现笑容。猫宁刚一停步，小山子马上拿起身边的尺，帮猫宁量起尺寸来。量完了，请猫宁再走几步，他低头又做了认真的修改。

小山子挑选了几块平时做衣服裁下来的零碎布料，埋头裁剪起来。只见剪子在他手中嚓嚓地响，仿佛在唱歌一般。量量，裁裁，裁裁，量量，他把几种不同颜色的布片拼了又拼，最后把布片缝了起来。

这是一件色彩协调、款式非常时尚的布背心，穿在猫宁身上，合身极了。

猫宁穿上背心，在案板上扭着身子走了几圈，小山子又对背心的细节做了几处修改，把它缝得非常精致。

"小山子，你缝纫的技术还真不错。"我提起那件背心说。

"这得感谢师傅，他平时给我传授的手艺，我是能记住的，只是我懒，有时会分心。此刻，在你们身边，我从来没有这样专心过，那些手艺仿佛一下子在我的手下活了起来……"

"很多很多年以后，我在电视机里看见模特在台上走猫步，不禁让我想起小时候看猫宁在案板上一步一扭的身影，这是我看到的最早的猫步。猫宁是最佳的模特。当然，这是后话了……"爷爷用这几句话，结束了今天的故事。

十二、一件改变命运的背心

又是一天的黄昏。

楼梯上的故事重新开始了。

爷爷才讲了几句，只见奶奶端了两碗百合绿豆汤上来，她说：

"一个老，一个少，一个喜欢讲故事，一个喜欢听故事，今天就让你们在楼梯上喝绿豆汤吧！"

爷爷接过汤说："瞧瞧，这是特殊待遇。以前小时候，我妈妈绝不允许我坐在楼梯口吃东西。今天陪小孙子，这是第一次。"

"在这里喝绿豆汤，别有滋味。"我笑着对奶奶说。

看见奶奶收好空碗下楼，爷爷帮我擦了擦嘴角，又开始了故事——

第二天一早，裁缝铺的老板看见案板上放着一件式样新颖、缝纫精致的小背心，眼睛都直了。

"谁做的，谁做的这件小背心？"

"我做的，我昨晚做着试试的。"

"我给你布，马上赶制两件样品，这衣服款式太棒了！"

傍晚，正是弄堂里人来人往的时候。裁缝铺挂出了两件颜色非常出挑、款式十分新颖的背心。这两件背心吸引了每个过路人的眼球。

那些纺织厂的女工看见这两件背心，眼里都放出光来。裁缝铺里又拥满了人。

一个胖胖的女工说："现在这季节，穿这件背心一定好看，我要定做一件，衣料和颜色就照这件做！"

另一个年轻一点的女工说："我原先做的那件上装，不要你赔了，请改制成这样的背心就可以。"

"我要两件这样的背心。"一个女工拉着老板说，"我姐姐的身材和我一样，我要送她一件……"

连弄堂里一些老奶奶也喜欢上了这个款式，定制了好几件。

不用说，老板满足了每一位顾客的要求。

赔偿的风波总算过去了。

小裁缝每天忙着赶活。晚上他也不闲着，把白天裁下来的布料，又试制成一些上衣、衬衫、裙子、裤子，每件他都让猫宁试穿一下。几乎每个星期，裁缝铺都有新款式的服装样品挂出来，引来不少目光和赞叹。

小小的裁缝铺，变得声名远扬。

一件出色的背心，不仅改变了小裁缝的命运，也改变了老板和裁缝铺的命运。

原先灶披间的铺子小了，老板又在隔壁弄堂里租下一间客堂做铺子，还招来几位技术比较高超的裁缝协助小裁缝，裁缝铺的生意更兴旺了。

后来，老板年纪大了，小山子接管了这家裁缝铺，并且成了远近闻名的裁缝师傅……

十三、故事的结局

这是我在爷爷家住的最后一天。

明天爸爸会来接我回家。

黄昏，我很早就拉着爷爷坐下。

"爷爷，爷爷，后来呢？"

"后来什么？"爷爷问，"故事不是完了吗？"

"后来小山子和猫宁都怎样了？我太想知道了。"

"我不是说了吗？后来小裁缝成了远近闻名的大裁缝，再后来他进了一家很大的服装公司，成了一名著名的服装设计师。一直到他很老的时候，还经常有演员、歌手、艺术家、企业经理来找他设计和制作服装。他设计的很多服装成为他们公司的名牌产品……"

"他后来来过这里吗？"

"当然来过，也曾在这个楼梯口坐过，不过我们闭口不谈猫宁的事，因为这是个秘密，我们小时候的秘密，我们必须把它深深地藏在心里。"

"那么猫宁呢？后来你们有没有再见过它？"

"以后，我们都长大了，猫宁也不再来陪伴我们。不过，这件事之后，我见过它一次，那也是最后一次。"

"什么时候，在哪里？"我迫不及待地问。

那是在裁缝铺搬走后的好多年。

有一天，宁波老宁家突然来了一个远房亲戚。

这人身材高大，浑身散发着酒味，他一见到宁波老宁就说："三叔婶，听我家老人说，我家有一件值钱的古董，寄放在你们家，现在该归还给我们了。"

"说什么啊。"宁波老宁说，"谁不知道，你父亲和你，一个好赌，

146

一个贪酒，都不好好工作，把家底都败光了，哪有什么古董藏在我家，从来没有的事。"

"我不信，你得让我找找，我现在缺钱用。"

"没有古董，也没有钱。"宁波老宁坚定地说。

这个蛮不讲理的人冲进宁波老宁的屋子，把屋里翻了个遍，也没找到什么古董。

"我知道，你家还有个三层阁！"

为了让这人死心，宁波老宁打开三层阁的门说："这里只有一些旧书和旧画，哪来的什么古董？"

那人进屋又翻找起来，他突然叫起来："什么怪东西猫，还装得人模人样，用两条腿走路，还想来挡我翻找东西，去你的！"

之后，从屋里飞出一只瓷器猫，很像当年走在我们身边的那个猫宁，我和宁波阿哥同时伸出手想去接，可是来不及了，只见瓷器猫人重重地摔在地上，碎成了几片……

宁波老宁顿时大骂起来："猫宁啊，猫宁，这是我家老头的祖传之宝，从小陪着他长大，他一辈子喜欢它，还要传给后代子孙的。它遭殃了，遭殃了……造孽啊！"

那人最后什么也没找到，甩甩膀子，带着一身酒气走了。

宁波阿哥还在三层阁门前，捧着碎片发呆。

没过一个星期，宁波老宁就因心脏病发作去世了……

这就是我和猫宁的最后一次见面。

"后来呢？"我紧接着问。

"哪来那么多的后来？"

"后来宁波阿哥呢？"

"宁波阿哥到国外去了，前年还带着儿孙来房子里看过。听说今年还会回来……"

"来了请告诉我一声。"

"为什么？"

"我要问问宁波阿哥，不，那位宁波老爷爷，当年碎成片的猫宁还在吗？我班上有位同学的爷爷，是一位修复瓷器的专家，他能把猫宁重新粘起来——"

"粘起来干什么？"这次是爷爷问我了。

"我要和猫宁做朋友，听它讲老房子的故事！"

"你那么喜欢老房子的故事，下次你再来，我还会给你讲很多故事。"

"后来呢？……"我和爷爷两个人，一起在楼梯的暗道里笑了起来。

楼道口的黄昏故事，这时才算讲完了……

十四、尾声

回家的第二天，妈妈就把我送进小区附近一个名叫"小小地球"的科学兴趣班。

兴趣班在一幢大楼的五层，我走进班里，第一眼就看见了一个并不熟的熟人，我惊叫了一声："小盖子！"

小盖子也回了一声："小南瓜！"

小盖子连我在班上的外号都知道，可见他平时还是注意我的。

兴趣班的老师见我们熟悉，就安排我们坐在一起。课间休息时，我们边吃点心边聊天，仿佛已经成了熟人。

回家路上，我跟小盖子说了很多我在爷爷家老房子里的见闻。小盖子听得非常入神，他说他暑假里哪儿都没去，一直关在家里，他太羡慕我了。

进了小区，走到我家院子前，我们还在聊，都舍不得分开。

院子里盛开的月季花从铁栅栏里探出头来，仿佛在听我们说些什么。

这不禁让我想起，爷爷家老弄堂里那两位老奶奶动情聊天的景象，我笑了起来。

小盖子说："老弄堂、老房子太有趣了，你能带我去那儿看看吗？暑假快结束了，我跟爸妈提这个要求，他们没准会同意的。"

我说："当然欢迎，我爷爷家有空房间，我们可以住上几天，那儿太有趣了！"

"一言为定！"小盖子兴奋地说。

"怎么还不回家啊？"我听到头上有人说话。

抬头一看，是小盖子的妈妈，正从阳台上探出身子招呼他。

我把家里的电话告诉了小盖子。

晚上，吃过晚饭，客厅里的电话铃响了。拿起电话，我听到一个陌生的声音："是小南瓜吗？对不起，我不知道你的大名，可以请你爸爸听电话吗？"

爸爸接过电话，跟电话那头的人聊了一会儿，原来是小盖子爸爸同意了小盖子的要求。爸爸说："欢迎欢迎，两个孩子在一起有伴了。"

说到后来得知，爸爸和小盖子的爸爸是同一所大学毕业的，爸爸读的是物理系，小盖子爸爸读的是中文系，他比爸爸高两届。两个人聊起了大学生活，谈得兴高采烈。

小盖子爸爸请爸爸带着我去他家做客，他说住在公寓里，大家都不来往，显得很陌生。这次暑假他本来准备带儿子去旅行的，可是临时有学术活动去不成了，他觉得很内疚，孩子太孤单了。

"是啊，"爸爸说，"孩子是有点孤单。"

其实现在我已经不觉得自己孤单了，因为我认识了小盖子啊。

最后，小盖子爸爸说，这次小盖子有那么好的活动机会，他应该付点费用。

"你是我的学长，又是邻居，谈什么费用？这是两个孩子间的友好交往。再说，我爸家里有地方住，两位老人非常喜欢孩子。"

小盖子的爸爸说，这是小盖子今年暑假里最快乐的一件事。他还用了一个专业术语，说这是一次非常有意义的"老弄堂传统文化考察"，对我们的成长会有帮助。

毕竟是中文系毕业做学术研究的，说话也文绉绉的。

爸爸最后说："尽管放心，我爸是个教授级的高级工程师，带这两个'小研究生'不成问题……"

爸爸一撂下电话，我马上给爷爷打电话。

爷爷听了我们的计划非常高兴，欢迎我们去考察老弄堂文化，还说会把三层阁打扫一下，那里有张比较大的床，够我们俩睡的。

爷爷说："在三层阁上，常会遇到夏日的雷阵雨，听雨点扫过房顶，打在老虎天窗上，会别有一番风味……"

"什么叫老虎天窗？"

"就是竖立在房顶上的那扇窗户。"

"为什么要叫老虎天窗？"

"等来了，再给你们说……"

挂了电话，我马上给小盖子打电话，告诉他爷爷说的那番话，小盖子听了很兴奋。

当然，这次老弄堂考察，一定会让他更兴奋。

图书在版编目（CIP）数据

爷爷的老房子 / 张秋生著. -- 北京 : 北京理工大
学出版社, 2025. 1.
(课本里的大作家).
ISBN 978-7-5763-4511-7

Ⅰ. I287.7

中国国家版本馆CIP数据核字第20246TE129号

责任编辑: 申玉琴　　**文案编辑:** 申玉琴　　**策划编辑:** 张艳茹　门淑敏
责任校对: 刘亚男　　**责任印制:** 李志强　　**特约编辑:** 赵一琪　高　雅

出版发行 / 北京理工大学出版社有限责任公司
社　　址 / 北京市丰台区四合庄路 6 号
邮　　编 / 100070
电　　话 /（010）68944451（大众售后服务热线）
　　　　　　（010）68912824（大众售后服务热线）
网　　址 / http://www.bitpress.com.cn

版 印 次 / 2025 年 1 月第 1 版第 1 次印刷
印　　刷 / 雅迪云印（天津）科技有限公司
开　　本 / 710 mm × 1000 mm　1/16
印　　张 / 10
字　　数 / 97 千字
定　　价 / 34.80 元